치유의 하루, 맑은 숨 쉬다

치유의 하루, 맑은 숨 쉬다

다섯 갈래 회복의 여정

초 판 1쇄 2026년 01월 14일

지은이 김은진
펴낸이 류종렬

펴낸곳 미다스북스
본부장 임종익
편집장 이다경, 김가영
디자인 임인영, 윤가희, 윤영빈
책임진행 김은진, 이예나, 안채원, 국소리, 송가희, 이지영

등록 2001년 3월 21일 제2001-000040호
주소 서울시 마포구 양화로 133 서교타워 711호
전화 02) 322-7802~3
팩스 02) 6007-1845
블로그 http://blog.naver.com/midasbooks
전자주소 midasbooks@hanmail.net
페이스북 https://www.facebook.com/midasbooks425
인스타그램 https://www.instagram.com/midasbooks

© 김은진, 미다스북스 2025, *Printed in Korea*.

ISBN 979-11-7355-657-9 03810

값 19,000원

미다스북스는 다음세대에게 필요한 지혜와 교양을 생각합니다.

치유의 하루,
맑은 숨 쉬다

김은진 지음

다섯 갈래
회복의 여정

미다스북스

숨결 둘

강물 따라 흐르는
깨끗한 숨

치유의 숨결을
시작하며

기적이 있는 것 같습니다.

제가 책을 내게 되다니요. 마치 저는 지금 다른 사람의 인생을 대신 사는 기분입니다. 어쩌면 정말 그런지도 모르겠습니다. 그동안 저는 문학과 관련된 일을 한 적이 없는 평범한 주부였습니다. 그럼에도 불구하고 출간하게 된 걸 보면 새로운 인생을 사는 기적이 일어났음에 틀림없습니다.

저는 30대에 결혼하고 출산과 일을 병행하며 바쁘게 보냈습니다. 가정을 꾸리고 아이와 보내는 시간이 즐거웠습니다. 그렇게 생활이 안정되어 갈 때쯤 둘째도 생겼습니다. 가족이 한 명 더 느니 행복이 두 배가 되었습니다. 사는 게 이런 거구나 하고 재미를 알아가던 어느 날 샤워를 하던 중 가슴에서 피가 흘렀습니다. 유방암이었고 전이암 판정을 받았습니다.

유방암 4기라는 사실에 생각이 멈추고 숨이 막힐 듯 가슴이 조여왔습니다. 한동안 수면제 없이 잠을 이룰 수 없었습니다. 나에게 얼마의 시간이 남았을까. 불면의 밤이 지속되었습니다. 벼랑 끝에 놓인 심정이었지만 삶을 포기할 수는 없었습니다. 항암치료를 시작하자 오히려 마음이 더 단단해졌습니다. 처음 머리카락이 빠지던 날 어색한 제 모습에 눈물도 나지 않았습니다. 정지된 로봇처럼 굳어 있던 저에게 초등학교 저학년이던 아이가 다가와 "엄마는 예뻐, 아주 예뻐."라며 꼭 안아 주었습니다. 며칠 동안 엄마 손을 놓지 않고 잠드는 아이를 보며 뭐든지 해서 살아야겠다고 다짐했습니다.

마음이 혼란스럽고 답답했지만 우선 밖으로 나가 걷기 시작했습니다. 처음엔 집 근처 하천을 걷는 것부터 시작했습니다. 그 후로 강과 산으로 찾아가 나무와 꽃을 만났습니다. 학교에 다니는 아이들이 있으니 멀리 갈 수 없었습니다. 대신 날씨가 맑고 체력이 될 때 부지런히 하루 여행을 다녔습니다. 혼자 다녀서였을까요, 마주하는 자연이 친구처럼 말을 걸어왔습니다. 걷다가 힘들면 카페에 들어가 시를 쓰거나 간단한 글을 적어보았습니다. 누가 시키지도 않았고 어떤 목적이 있었던 것도 아닙니다. 그저 무너지지 말자는 다짐으로 하루하루를 잘 견디고 있는 나를 응원했습니다.

그렇게 이곳저곳을 다니던 어느 날 대림성모병원 유방암 창작시 공모전에 응모하게 되었습니다. 그리고 뜻밖에도 제 시인 「기쁜 소식」이 대상을 받았습니다. 그때 정말 감사하고 감격스러웠지만 시상식에 참석할 수 없었습니다. 치료를 마친 지 얼마 지나지 않은 상태였기에 언제든 병이 재발할 수 있다는 두려움이 컸습니다. 혹시나 그렇게 되어 환우들에게 희망을 선물하기보다 상심만 주게 될까 봐 걱정되었습니다. 오래 살아남아서 시상식장에 가지 못한 이유를 말할 수 있는 날이 오기를 간절히 바랐습니다. 그런데 벌써 전이된 지 만 5년이 다 되어 갑니다. 이제 지금처럼 치료받으며 많이 걷고 즐겁게 살면 된다는 확신이 생겼습니다. 두려움도 없습니다.

그동안 틈틈이 찍은 사진과 적어 왔던 시와 글을 책으로 묶으며 지난 시간을 다시 떠올려 보았습니다. 진단받고 막막했던 날들, 치료하며 힘겨웠던 시간, 다시 일어서야겠다는 결심을 하며 걸어온 여정이 모두 꼬마전구처럼 빛납니다. 그 작은 빛들을 모아 책으로 엮었습니다.

끝으로 무명작가의 원고를 채택해 주신 미다스북스 임종익 본부장님과 책이 출간될 수 있도록 편집해 주신 저와 동명의 미다스북스 김은진 팀장님을 비롯한 관계자분들께 감사드립니다. 글 쓰는 여정을 함께한 안양의 문우들, 여행기를 뉴스로 채택해 주신 오마이뉴스 편집자님 그리고 치료에 힘써 주시는 고대 구로병원 의료진께 깊은 감사의 마음을 전합니다.

아울러 제 책을 읽으시는 모든 독자분께 감사드립니다. 치료 중이신 환우분들 모두 힘을 내시길 바랍니다. 언제나 진심으로 응원합니다.

2026년 새해에
김은진 올림

숨결 하나

꽃잎처럼 피어나는 향긋한 숨

봄여름가을겨울
꽃이 있어 행복하다

1

어머니의 달걀을
닮은 목련꽃

어스름한 새벽

닭 울음소리 들리더니

목련 가지에 뽀얀 달걀이 주렁주렁 달렸다

물도 주고 먹이도 주며 보살필 때는

살쾡이가 잡아갈까

뱀이 삼킬까 걱정했는데

통통한 꽃봉오리 알을 낳았다

한 가지에 두세 개씩 햇살 따라

소복하게 쌓여있는 달걀들

누렁이가 깔고 앉을까

염소가 밟아 버릴까

걱정돼서 나무 위에 낳았다

8분 삶아 반숙이 되면 부드러운 간식

빨강 초록 채소 넣으면 뜨끈한 달걀찜

이리저리 팔을 뻗어 바구니에

수북하게 담는다

까치발을 들었다

껑충껑충 뛰었다

봄바람이 다 가져가기 전에

활짝 펴서 날아가기 전에

목련이 피어야 비로소 봄이다. 3월이면 하얀 목련이 봄볕보다 더 따스하게 느껴진다. 새침한 꽃봉오리가 부풀어 등불처럼 매달리면 태양이 나뭇가지에 알을 낳은 것 같다.

천리포 수목원에 목련 축제가 열렸다. 태안으로 향하는 첫차는 만석이었다. 다들 목련꽃을 보러 가는 길인가 싶었지만 터미널에서 천리포 수목원으로 가는 일행은 없었다. 태안 꽃박람회도 열리니 그쪽으로 가는 사람이 더 많았던 모양이다.

하얀 목련꽃을 보면 달걀이 소복했던 어머니의 바구니가 떠오른다. 서울에서 장사하시던 부모님은 중년이 되어 예산으로 귀농하셨다. 그때 가장 먼저 토종닭을 키우셨다. 닭이 알을 낳으면 어머니는 바구니에 담아 딸들이 있는 서울로 올라오셨다. 나는 마트에 가면 쉽게 살 수 있는 달걀을 왜 힘들게 들고 오는지 이해할 수 없었다. 토종닭 달걀이니 지금으로 치면 꽤 비싼 식재료다. 하지만 그때는 어려서 그런 것도 모르고 시중에 파는 것보다 커다란 달걀이 이상하게만 보였다. 게다가 무거운 바구니를 머리에 이고 계단 많은 지하도를 오르내렸을 어머니를 생각하면 가슴이 답답했다. 고생을 사서 하는 것 아니냐며 꺼리는 내게 어머니는 웃으며 우리 집에서 키운 것이니 먹어보라 하셨다.

귀농하기 전 어머니는 딸 셋을 키우면서 철물점을 하셨다. 가게에는 살림할 수 있는 부엌과 방이 있었다. 어머니가 장사로 바쁘시니 반찬이 풍족하진 않았다. 대신 출출할 때 먹으라고 달걀, 감자, 고구마 등을 삶아 놓곤 하셨다. 나는 밖에서 놀다가 허기져서 집으로 돌아오면 연탄아궁이 옆에 놓인 솥부터 열어보곤 했다. 그 안에는 식어도 맛있고 따뜻해도 맛있는 간식이 들어 있었다.

그때 당시 언니들과 나는 집안일을 도왔다. 우리 자매는 간단한 요리도 했는데 달걀 한 판을 사 오면 삶기도 하고 달걀말이도 했다. 먹거리가 별로 없던 때라 달걀은 중요한 식재료였다.

철물점을 접고 몇 년 동안 집에 계셨던 어머니는 귀농을 하면서 토종 닭을 키우셨다. 그것도 집도 짓기 전부터 컨테이너에서 생활하면서 병아리를 키웠다고 했다. 나는 그 모습을 직접 보진 못했다. 생각해 보면 아주 고생을 많이 했을 텐데도 어머니는 그런 건 계산에 넣지 않으셨다. 아침마다 병아리들을 보니 귀엽다고만 하셨다. 그리고 서울에 오실 때는 꼭 딸들에게 줄 달걀을 가득 담아 오셨다.

그땐 알지 못했다. 왜 그렇게 무겁게 달걀을 들고 오는지, 또 자식들이 다 크면 그 곁이 얼마나 허전한지도. 이제 내가 엄마가 되고 보니 다른 집 아이들만큼 해주지 못하면 가슴 아프다. 그리고 후회로 밤을 서성이게 된다. 식사도 제대로 챙기기 힘든 산속에서 닭을 키우던 어머니의 모습, 다른 건 해주지 못해도 달걀만큼은 풍족하게 먹이고 싶어 했던 어머니의 마음이 자꾸 떠오른다. 봄이 되니 어머니의 달걀을 닮은 목련꽃이 가지마다 수북하다.

2 지심도에서
동백 블루스를

지심도 동백터널

아기 동백

태평양에서 고래잡이배도 몰아봤다는 선장님이
승객을 태우고 지심도로 향한다
파도가 심하게 칠 것이니 물벼락을 조심하란다

십오 분 거리에 무슨 파도가 있을까
태풍처럼 몰아치는 찰진 허풍
예산장 엿장수 보듯 바라보는데

여객선이 파도와 춤을 춘다

왼쪽으로 넘어갈 듯 쓰러지다

출렁이며 턴

오른쪽으로 넘어갈 듯 쓰러지다

첨벙이며 턴

승객들은 즐거운 비명을 쏟아내고

여객선이 돌 때마다 세월이 삼 년씩 되감긴다

동백나무에 묻어둔 추억 위로

시간의 화살이 날아와 박히고

꽃봉오리 빠-알갛게 물든다

　3월 중순을 지나서도 바람이 찼다. 거제도 지세포항 대합실로 들어가 항구를 따라 가지런히 정박해 있는 어선을 바라보았다. 얼마 후 작은 여객선이 항구로 들어왔다. 운 좋게 창가 옆자리에 앉았다.

　출발하자 선장님이 마이크를 잡았다. 커다란 고래잡이배도 몰아봤다는 그는 승객을 태우고 지심도로 향했다. 파도가 심하게 칠 것이니 물벼락을 조심하란다. 지세포항에서 지심도까지는 배로 약 15분 거리, 이렇게 짧은 거리에 무슨 파도가 있을까.

그런데 잠시 후 정말 파도가 쳤다. 상어 떼에 쫓기는 것처럼 배가 이리저리 몸을 뒤틀었다. 왼쪽으로 쏠리면서 철썩, 오른쪽으로 쏠리면서 철썩, 유리창엔 파도가 부딪쳐서 물벼락이 흘러내렸다. 덕분에 승객들은 환호 같은 비명을 쏟아내며 긴 좌석에서 이리저리 미끄러져 다녔다. 특별한 놀이기구를 탄 것처럼 스릴이 넘쳤다. "으악!" 하고 소리를 지르는 모습이 모두 소풍 나온 아이들 같았다. 여객선이 흔들릴 때마다 세월은 빠르게 뒷걸음질 치는 듯했고 승객들은 어린아이처럼 명랑해졌다. 짧은 시간이지만 우리는 한껏 동심으로 돌아갔다.

열다섯 가구가 산다는 지심도에 도착하니 선착장이 제법 컸다. 지심도에는 토종인 아기 동백꽃이 피어있다고 해서 나무의 키가 작을 줄 알았다. 실제 보니 수령이 오래된 키 큰 나무들이 우거져 동백터널을 이루고 있었다. 지심도는 섬의 3분의 2가 동백나무로 이루어졌다고 한다. 딱 맞춰 방문한 건 아니지만 동백꽃이 절반이 넘게 개화되어 꽃봉오리와 활짝 핀 꽃도 볼 수 있었다. 산책로 주변에 싱그런 솔 내음이 가득했다. 우리나라 남쪽 끝에 있는 작은 섬엔 공장도 없고 자동차 매연도 없었다. 깨끗한 공기를 마시는 것만으로도 이곳에 온 보람이 있었다.

내가 동백꽃을 좋아하게 된 계기는 김유정의 소설 「동백꽃」을 읽고 나서부터다. 점순이와 남자아이의 사랑 이야기가 어설프고 엉뚱해서 웃음이 났다. 처음 읽었을 때 점순이가 못된 아이라고 생각했다. 시간이 지나자 좋아하는 마음을 솔직하게 표현하는 소녀가 차츰 귀여워졌다. 동백꽃이 필 때는 어린 시절을 다시 추억해 보곤 한다. 소설처럼 누군가를 좋아하는 감정에 화가 나기도 하고 행복하기도 했던 기억들이 알싸하게 떠오른다.

동백터널을 지나는데 갑자기 벌 소리가 들렸다. 벌들이 아주 작았고 날갯짓도 느릿느릿했다. 아기 동백꽃에는 아기 벌이 찾아오나 보다. 지심도는 어린 왕자의 별처럼 아늑했다. 파도와 섬 그리고 동백꽃과 내가 작게 흔들리며 블루스를 추었다.

3 청벚꽃이
필 때는

서산 개심사 청벚꽃

가지마다 펼쳐진 황홀한 오로라의 향연

오래전 별빛 사이 접어둔 꿈

산등성이 타고 흘러내려

시리도록 푸른 꽃으로 피어난다

　우산을 들고 집을 나섰다. 비 예보가 있지만 청벚꽃이 피기 시작했을
거라는 짐작에 버스터미널로 향했다. 작년 개심사를 찾았을 때 청벚꽃

은 만개였다. 아름다웠지만 꽃봉오리를 보지 못해 아쉬움이 많이 남았다. 그래서 올해는 일주일을 당겨서 가보았다.

"이 버스를 타면 개심사에 가. 걸어가는 길도 좋지. 하지만 오늘은 비도 오고 바람이 심하구먼."

서산 터미널에서 출발한 버스가 운산을 지날 때였다. 건너편 좌석에 앉은 할아버지가 내 쪽의 창을 보며 말을 건넸다. 기사와 내가 주고받는 말을 듣고 계셨던가 보다. 할아버지는 용현리로 가는 길이 보이자, 마애삼존불상이 있는 곳도 알려주셨다. 개심사에서 마애삼존불상까지는 거리가 머니 다음에 다시 오겠다고 말했다.

서산 한우목장 앞 큰 도로에서 내렸다. 방문객들이 대체로 승용차로 움직이는지 개심사로 향하는 도로를 따라 걷는 길은 한적했다. 대신 곳곳에 개심사를 알리는 이정표가 자주 눈에 띄었다. 덕분에 인적이 드문 거리도 사찰 경내에 있는 느낌이 들어 적적하지 않았다. 봄바람이 제법 세게 불었다. 신창저수지의 수면은 온통 잔물결로 출렁였다. 도롯가에 심어진 여러 그루의 벚꽃도 이리저리 흔들렸다. 구름도 갈팡질팡인지 가랑비를 쏟다가도 간간이 햇빛에 자리를 내주었다. 그렇게 한 시간 남짓 걸어가 개심사 입구에 도착했다. 몇 차례 와본 적이 있어 청벚꽃 위치를 알고 있었다. 돌계단을 지나 무량수각을 가로질러 명부전 앞으로 갔다. 국내에 유일하게 개심사에만 있다는 청벚꽃이다.

'아! 아직 피지 않았네.'

이리저리 뻗은 가지 위에 잣 열매를 꽂아 놓은 것처럼 통통하게 봉오리가 맺혀있었다. 꽃망울은 아직 터지지 않았다. 오늘은 허탕이다. 하지만 마음이 왜 이리 편한 걸까. 피지 않은 꽃을 보니 서운한 게 아니라 안심이 된다. 이렇게 햇빛도 없이 바람 부는 날 청벚꽃은 피지 않았으면 좋겠다는 마음이 더 컸기 때문이다. 청벚꽃과 어울리게 파란 하늘에 환한 햇살이 비추길 기대했다. 다음 주에 한 번 더 오자 생각하니 마음이 가벼웠다. 바람에 휘둘리는 청벚꽃을 보는 것보다 내 몸이 고생하는 게 더 낫다는 생각이 들었다. 대신 다른 꽃을 만났다. 연분홍 산벚꽃, 자색 목련, 백동백, 노란 수선화, 청매실 꽃, 진달래 등.

'아주 공친 건 아니네. 오늘의 주인공은 너희들이구나.' 하고 눈길로 쓰다듬었다.

안양루 앞에 서니 풍경소리가 들렸다. 센바람 때문이었을까. 소리가 마치 마음속 녹을 긁어내는 것 같다. 그때 사찰 입구에 있는 두 그루의 벚꽃이 눈에 들어왔다. 완전히 활짝 피어 절정을 이루고 있었다. 벚나무는 저녁에 예보된 비에 다 떨어질지라도 마지막까지 품위를 지키겠다는 듯 위풍당당했다. 비가 온다고 꽃을 피우지 않으면 어떻게 되는 걸까. 아마도 죽은 나무가 아닐까.

문득 얼마 전 만난 큰아이 친구 엄마들이 생각났다. 우리들은 안양 비봉산 자락에 있는 마을에 살았고 함께 아이들을 키우면서 친해졌다. 아이들이 등교하면 같이 만나 식사도 하고 마트도 다녔다. 그렇게 잘 지냈지만 몇몇은 멀리 이사를 하기도 하고 직장도 다니느라 만나질 못하다가 모처럼 모였다. 그간 수험생 엄마 노릇을 하느라 힘들었지만 이제 여유가 생겼으니 가뿐한 마음으로 나갔다.

한자리에 모여 이야기를 나눠보니 우리에게는 고3 아이를 돌보는 것보다 더 큰 일이 많았다. 나처럼 고된 병치레를 했던 사람, 사업을 하다가 코로나로 손님이 줄어 정리한 사람, 부모님 병간호에 지쳤던 일들 모두 한차례 시련을 견디고 있었다. 혼이 쏙 빠질 정도로 바람이 불었던 그간의 일을 얘기하는 사람들의 눈가에 회상하듯 막막함이 찾아들었다.

그러다가 아이들 어릴 때 있었던 일을 얘기했다. 서로 기억하는 부분이 달라서 하나씩 꺼내니 추억이 풍성해졌다. 서로 잘하는 요리를 해서 집에 초대했던 일도 있었는데 까맣게 잊고 지낸 일이라 놀랐다. 아이들 손을 잡고 재미난 곳을 찾아다녔던 날과 어떻게 공부시켜야 할지 고민하던 밤도 떠올랐다. 되돌아보니 엄마로서 했던 수고와 갈등이 다 따뜻한 봄 햇살 같다. 푸시킨의 시 한 구절이 스쳤다.

'모든 것은 한순간에 지나가고 지나간 것들은 또다시 그리워지나니.'

그동안 시련을 견디며 새로운 일에 도전해서 공인중개사 자격증까지 딴 엄마, 관광 해설사로 활약을 펼치는 엄마도 있다. 그중에 제2의 인생을 미리 준비하거나 예정했던 사람은 없었다. 시련을 헤쳐 나가다 보니 좋은 결실을 보았다. 모두 아이들의 사춘기를 서운함과 애틋함으로 바라보며 묵묵히 자신의 인생을 살아가고 있었다. 우리가 다시 만난 그날은 맑게 갠 날이었다. 서로에게 무한한 응원을 남겼고 이제 힘든 시간이 지났으니 자주 만나자고 약속했다.

　만약에 시련이 몰아친다고 꽃을 피우지 않았으면 어찌 되었을까. 주저하다 끝내 꽃을 피우지 못하고 고목이 되지 않았을까. 꽃이 필 때마다 맑은 날이라면 그것도 이상한 일이다. 내리는 비에 꽃은 피기도 지기도 한다. 그래도 다음 주에 청벚꽃을 만나는 날에는 바람도 잔잔하고 햇살이 환하게 비췄으면 좋겠다. 무량수각 아래 놓인 돌무더기에 벚꽃 한 잎을 올려놓았다.

4 이팝나무
꽃을 담다

서쪽 하늘 끝에서 밀려든 햇빛이

초록 잎에 걸려 흔들리고

가는 숨을 뒤로하고 날아든 나비 떼는

하얀 꽃 파고들어 날개를 쉰다

물보라 일으키며 달려온 구름은

나뭇가지 위에서 기지개 켜고

찔레꽃 발자국 따라온 산까치

수다에 귀 기울일 때

어디선가 들려오는 아버지의 노랫소리

풍년가를 부르고 계신다

뜨거운 태양이 숨을 조이면

구성진 가락을 묶어 바람을 모으고

차가운 바람이 살을 에이면

은근한 흥을 베어 불을 지피며

힘든 내색도 없이 논으로 향하던

아버지의 긴 그림자

애달픈 고개를 넘어

밥그릇에 수북이 담겼다

한여름 달궈진 매미의 합창

벌들을 춤추게 하던 보라색 칡꽃들

그리움에 목이 메어

이팝나무꽃 뒤에 얼굴을 묻는다

〈제39회 경기여성기·예경진대회 시 부문 대상 수상작〉

아버지의 고향은 충남 홍성이다. 5월이면 홍성천 주변에 있는 천주교 순교성지 순례길에 이팝나무가 환하게 핀다. 얼마 전 홍성에서 활짝 핀 이팝나무꽃을 보니 초봄에 피었던 벚꽃을 다시 만난 것 같았다. 하얗게 꽃이 핀 이팝나무를 따라 북문교를 건너고 홍주초등학교 앞을 지나자 노란 유채꽃까지 피어 바람 따라 흔들리고 있었다.

이팝나무는 꽃이 하얀 쌀밥처럼 보인다고 하여, '이밥나무'라 불렸으며, 시간이 지나 '이팝나무'로 변했다고 한다. 또는 입하(立夏) 무렵에 꽃이 만개하여 '입하목'이라고 불렀다. 이팝나무에 꽃이 만발하면 그해 농사는 풍년이 든다는 말이 있다. 이팝나무에 꽃이 피면 벼농사를 지으셨던 아버지가 생각난다. 수확 첫해 아버지가 농사지은 쌀이라고 맛보라고 하셨는데 그 단맛을 잊을 수가 없다. 밥이 달다는 걸 그때 처음 알았다.

나의 친할아버지는 일제강점기 일본으로 징용을 당해 그곳에서 광부로 일하셨다. 원자폭탄이 투하되고 일본이 패망하면서 구사일생으로 살아 돌아오셨지만 방사선에 노출된 채였다. 고국에 돌아오시고도 계속 피부에서 진물이 흐르는 고통 속에서 사셨다. 그리고 일 년 만에 돌아가셨다. 이후 친할머니도 원인 모를 병으로 돌아가시고 아버지는 주변 친척들의 도움으로 생활하셨다. 그러나 6.25 전쟁이 터지자 모두 피난을 가면서 일찍 홀로서기를 시작하셨다.

나는 아버지가 왜 농사일을 좋아하시는지 짐작이 된다. 아버지는 6.25를 겪으신 분이다. 떨어지는 폭탄을 피해 가며 살아남으셨다. 항상 전쟁처럼 무서운 일은 없다고 말씀하셨다. 남북관계가 냉전으로 치닫는 뉴스를 접하시면 며칠씩 새벽기도를 드리셨다. 어머니가 농사는 힘들고 돈벌이가 안된다고 그만 짓자고 하면 아버지는 눈을 크게 뜨며 말씀하시곤 하셨다.

"돈으로도 살 수 없는 게 있는 거야."

그리고 올해는 콩을 많이 심어보자고 하거나 고추를 더 심어야겠다며 계획을 세우셨다. 그러면 어머니도 금세 마음이 바뀌어서는 덕산 장날에는 이걸 사야 하고 예산 장날에는 저걸 사야 한다고 하셨다. 시골에 가면 텃밭에는 두둑마다 다른 채소가 자라고 있었다. 오이, 고추, 호박, 가지 기타 등등. 작은 텃밭은 노루가 농작물을 뜯어먹거나 새들이 씨앗을 쪼아 먹었다. 그래서 닭장처럼 생긴 하우스를 만들어 놓기도 하셨다.

아버지는 부지런하셨다. 가을이 되면 농사지은 쌀을 농협에 수매하고 가족들을 위해 남은 쌀가마니를 집에 쌓아 두셨다. 친척들에게 쌀을 나눠 주면서 내가 농사지은 쌀이라며 뿌듯해하셨다. 어머니는 수확한 햅쌀로 가래떡을 빼셨다. 떡국떡도 썰어 놓고 떡볶이용으로도 잘라 놓으셨다.

늦가을이면 먹을 음식이 풍부하니 마음도 풍족해졌다. 돈으로 못 사는 풍요라는 넉넉함을 가질 수 있었다. 숫자로 있는 돈은 이리저리 옮겨 다니다가 금세 사라지지만 쌀가마니는 다음 해 또는 그다음 해까지 우리 마음을 든든하게 했다. 아버지는 세상살이가 녹록하지 않은 줄 알기에 자식들에게도 도시 생활 힘들면 언제든지 와서 함께 살자고 하셨다. 나도 아버지가 농사를 짓고 계셔서 든든했다. 가을에는 내려가 같이 감도 따고 호두도 따고 밤도 줍는 일이 재미있었다.

아버지가 만든 2단짜리 논은 수확을 앞둔 가을마다 황금빛으로 빛났다. 흐뭇하게 웃으시던 아버지의 모습이 생각난다. 쌓아 둔 쌀가마니를 앞에 놓고 어머니에게 이렇게 탄식하셨다고 한다.

"내가 이게 없어서 어릴 적 그렇게 울었던가."

아버지에게 쌀농사는 돈벌이가 아니라 배고프고 외로웠던 기억을 지우는 일이었나 보다. 그리고 논을 만드는 일은 아버지에게 자신과 후손들이 배고픔으로 울 일은 없을 거라는 안도감을 주었던 것 같다.

이팝나무꽃과 연결된 구름 위에서 웃고 계실 아버지에게 인사를 건넸다.

"아버지, 올해 벼농사는 풍년일 것 같아요."

5

연과
유쾌한 벌

시흥 관곡지 연꽃

어둠이 가시지 않은
희뿌연 새벽

연꽃 한 송이 분홍빛
꽃자락 펼쳐 들 때

유쾌한 벌 살푸시 다가와
등불을 켠다

갑자기 찾아온 아침에 놀란 태양
여름이 연못에 걸렸다

풀숲 향기 사방으로 번지고
벌과 연의 하루가 푸르다

　여름이 시작되면서 연꽃이 피기만을 기다렸다. 특별히 연꽃과 관련된
추억은 있는 건 아니지만 카메라도 장만했으니 멋진 사진 한 장 남기고
싶다는 생각이 있었다. 새벽 5시, 시흥 관곡지를 찾았다. 이곳은 조선
시대 문인이자 농학자였던 강희맹이 명나라에서 연꽃 씨를 가져와 심은
뒤 널리 퍼져 현재 3만여 평에 이르는 연꽃농장이 형성되어 있다.

해 뜨기 전 관곡지의 물기를 먹은 짙은 풀 내음이 도심의 보호막처럼 둘러쳐져 '연꽃의 성(蓮城)'이 시작됨을 알리고 있었다. 보슬비가 내리는 가운데 준비한 장화를 신고 천천히 입구로 내려갔다. 끝이 안 보일 정도로 넓게 펼쳐진 연밭에 줄을 지어 포개진 커다란 연잎들이 보였다. 물에 젖지 않는 초록의 연잎은 우산만큼 커다랬다. 압도적인 크기에 팽창하는 여름의 생명력을 느낄 수 있었다. 어스름한 하늘의 새벽빛보다 연꽃 봉오리의 색이 더 밝아 오늘은 연꽃에서 아침이 시작되는 것 같았다. 지루하게 내리는 비와 뜨거운 햇살이 반복되는 날씨에도 분홍색 연꽃들이 초연했다.

잘 웃는다는 주변의 평가에도 불구하고 나는 자주 찡그린 얼굴을 한다는 생각이 들곤 했다. 아마도 겉으론 웃고 있어도 속마음은 편치 않았던 모양이다. 진흙 속에서도 피어나는 순결한 연꽃처럼 세상이 번잡해도 마음은 연꽃을 닮고 싶다.

얼마 전 식물원에서 연꽃잎과 연자, 그리고 연꽃 씨 말린 것을 보았다. 흰 벽에 장식되어 있었는데 연꽃이 피었을 때 못지않게 말린 것도 멋스러웠다. 연잎과 연자는 시들고 꺾여도 살아 숨 쉬는 듯했다.

땅에 떨어진 연꽃 씨는 세월이 지나도 썩지 않고 잠들어 있다가 몇백 년 지난 후에도 피는 경우가 있다고 한다. 2009년 경남 함안의 성산산성에서 700여 년 전인 고려 시대 연꽃 씨앗이 발굴되었다. 2010년 이 씨앗이 함안박물관에서 개화하여 '아라연꽃'이라 이름 붙여졌다. 분홍빛 아라홍연을 보면 환생을 믿고 싶어진다.

햇빛이 비치기 전 연꽃 위로 벌들이 웅성웅성 날아들었다. 자가 수정한다는 연꽃은 외로운 꽃이라 생각했는데 오늘은 연꽃도 행복해 보였다.

오산 아모레 퍼시픽 보타닉 가든

진강의 지류이다. 그 서쪽으로 치즈랜드라는 넓은 목장이 있다. 치즈랜드는 처음에는 젖소를 키우며 소 돌보기, 치즈 만들기 등의 체험을 하던 곳이다. 지금은 젖소도 치즈도 이곳에서 생산하지 않는다. 카페가 운영되고 있고 방목하여 소를 키우던 여러 언덕마다 수선화가 심어졌다. 언덕의 능선이 겹치는 곳은 색이 더 짙어 보였다. 그 때문에 바람에 꽃잎이 흔들리자 수선화 언덕이 노란색 파도처럼 출렁거렸다. 꽃대와 긴 잎사귀는 싱그러운 초록색이었다. 짙은 초록색이 노란 수선화를 더 돋보이게 했다.

잔디 대신 수선화로 뒤덮인 언덕에 젖소 목장의 헛간으로 보이는 목재 건물도 있었다. 알퐁스 도데의 소설 「별」의 배경이 이랬을 것이다. 가만히 보니 수선화는 안쪽에 컵처럼 생긴 작은 꽃이 있고 바깥쪽에 6장으로 꽃잎이 다시 벌어져 있어 마치 작은 별 같았다. 시야에 들어오는 들판의 수선화가 온 천지에 흩뿌려진 은하수 같았다.

나는 이곳에서 우주의 행성을 떠올려 보았다. 우주의 생명체가 지구에 온다면 내 모습이 이상하지 않을 것이다. 머리 위에 안테나처럼 솟은 머리카락을 보며 이제부터 재미있는 상상을 하기로 했다. 어쩌면 지금의 나는 우주와 지구를 연결하는 중간 역할일지도 모른다.

플레이아데스라는 이름은 그리스어의 '출항하다'에서 유래했다. 나는 이제부터 나를 더 사랑하는 항해를 하기로 했다. 예전의 내 모습보다 바뀐 지금의 외모를 더 많이 사랑하기로 했다.

치즈랜드의 요거트 아이스크림이 유명하다. 나는 딸기 맛이 더 맛있다고 우주로 전송 메시지를 보냈다. 수선화 길에 '읽음' 표시가 떴다.

7 그리운 사람의
얼굴 같은 해바라기

태백의 해바라기

골목 어귀에 서 있는

키 큰 해바라기 한 송이

우리 외할머니 같다

니그 엄마가 고생을 을매나 많이 한 줄 아나

니그 엄마는 구구단을 하루에 다 외웠지

늘 딸 자랑을 달고 사셨다

결혼해서도 친정에 와서
종종 청소해 줄 거냐고
초등학교 1학년인 내게
곶감 하나 내밀며 다짐받던 키 큰 외할머니

외할머니와 나는
같은 사람을 좋아하는 라이벌
엄마는 무조건 "네, 네, 어무이"했다

해바라기 키 큰 그림자
나를 따라 산을 넘는다
"네, 네, 어무이"를 따라 해 본다

　　폭염이 계속되는 여름 휴가철, 한국에서 가장 시원하다는 태백으로
향했다. 지대가 높은 태백에서는 2005년 우리나라 최초로 100만 송이
해바라기 축제를 개최했다. 축제는 성공적이었다. 당시에는 땅에 작물
을 심어야 한다는 생각이 일반적이었기 때문에 해바라기를 심어 관광객
을 불러들인다는 발상이 새로웠다고 한다.

몇 년 동안 방송에서도 많이 나왔다. 특히 아이들이 좋아하는 '뽕뽕이가 좋아요', '뽀로로와 노래해요' 등의 프로그램 광고 시간에 태백의 해바라기 동산의 모습이 방영되었다. 아이들은 화면을 보며 해바라기가 저렇게 멋지냐고 가보고 싶다고 말했다. 당시 방문했던 태백의 구와우마을은 웃는 얼굴 같은 해바라기꽃이 만발해 있었다.

얼마 전 다시 태백 해바라기 축제장을 찾았다. 야외조각품도 설치되어 있어 볼거리가 풍성했다. 이태랑 작가의 핸드마이크 모양의 조형물 '말할 수 없는 것에 대한'이 초입에 있었다. 최정우 작가의 '편견 없이 이야기하기 위한 장치'와 '석탄 캐는 사람들' 등이 해바라기꽃과 어우러져 있었다. 전시 작품들은 탄광촌이 많았던 태백의 옛 모습을 떠올리게 했다.

해바라기꽃밭은 뜨거웠다. 그럼에도 태백은 우리나라에서 가장 시원한 곳이라는 인식 때문에 최면에 걸린 것처럼 생각이 긍정적으로 흘렀다. '이제 곧 시원해지겠지, 30분만 지나면 더 시원해질 거야.'라고 말이다.

매봉산 위로 여러 대의 풍력발전기가 보였다. 탁 트인 파란 하늘 너머로 발전기의 흰색 날개가 고지대의 시원한 느낌을 전했다. 그 아래 펼쳐진 노란색 해바라기꽃들은 지난날 탄광에서 고단한 하루를 보내던 광부들에게 환한 빛을 던지는 듯했다.

해바라기는 똑똑하고 아름다울 수밖에 없는 꽃이다. 해바라기꽃의 배열에는 피보나치수열이 숨어있다. 꽃 안에 씨앗을 살펴보면 시계방향과 반시계 방향의 나선을 발견할 수 있는데 한 방향으로 21열이면 반대 방향으로 34열이 된다. 이런 배치는 좁은 공간에 많은 씨앗이 들어갈 수 있고 보기에도 좋아 황금비율로 불린다. 해바라기의 꽃잎도 마찬가지다. 태양계 행성들의 거리나 공전주기 등에서도 피보나치수열이 반복된다. 해바라기꽃이 영어로 'Sun flower'인 이유는 이렇게 태양계의 법칙까지 담겨있기 때문일까.

해바라기는 두 종류의 꽃이 합쳐진 것이다. 노란 꽃잎 부분은 혀꽃이라 하고, 동그란 꽃차례 부분은 대롱꽃이라 불린다. 대롱 가운데에서 수술이 올라와 노랗게 꽃가루가 생긴다. 벌이나 다른 곤충들이 와서 수분을 해 주고 대롱꽃이 해바라기씨가 된다.

그늘을 찾아서 걷다 보니 해바라기의 뒷모습이 보였다. 처음에는 예쁘게 활짝 핀 모습만 보였는데, 어쩐지 점점 올라갈수록 고개를 숙인 해바라기도 보였다. 갈등과 혼돈 속에서 몸을 비틀고 있는 꽃들을 보니, 마치 고흐의 그림 속에서 걸어 나온 듯한 느낌이었다.

1888년 5월 고흐는 프랑스 아를의 노란 집을 소개받았다. 친구인 폴 고갱이 와서 자신과 함께 살기를 바라면서 고흐는 해바라기 그림을 그리기 시작했다. 고흐에게 해바라기는 우정과 희망의 상징이었다. 그는 고갱의 방을 해바라기 그림으로 꾸며 주었다.

고갱과 고흐는 노란 집에서 63일 동안 함께 작업을 했다. 당시 고갱은 고흐를 조금 무시하고 자신보다 아래라고 생각했던 것 같다. 동생 테오는 고갱에게 빚을 갚아 줄 테니 제발 형에게 가 달라고 부탁했다고 한다. 아를에서 고갱은 고흐를 보살핌이 필요한 답답한 존재로 느꼈을지도 모르겠다. 그런 고갱도 고흐의 해바라기 그림만큼은 극찬을 아끼지 않았다.

당시 고갱은 이렇게 말했다.

"집은 너무 지저분했다. 물감 튜브는 방 여기저기에 흩어져 있었고 땀 냄새인지 빨래 썩은 냄새인지 구분이 안 될 정도의 퀴퀴한 냄새가 코를 찔렀다. 그러나 그 악조건 속에서도 남쪽으로 난 창을 통해 들어오는 햇살에 비친 〈해바라기〉를 보고 충격을 받았다. 마치 보랏빛의 눈동자를 가진 것 같은 〈해바라기〉 작품이 노란 벽에 걸려 있었다."

고흐와 고갱이 사랑한 해바라기는 어찌 보면 사람의 얼굴과도 닮았다. 태양을 향하여 미소 짓는 모습도, 머리를 흔들며 좌절하고 고뇌하는 모습도 닮았다. 키 큰 해바라기가 자신도 사는 게 만만치 않다며 나에게 말을 건넸다.

8 알록달록
수국 축제 대소동

부여 유구천의 수국

거름 너무 많이 쓰지 말라니께
여긴 파란 꽃 필 자리여

걱정말어유

대전서 카페 하는 딸래미한테

커피 찌꺼기 얻어다 부어났슈

거기 붉은 꽃 필 자리는

웅이 아범한테 가서 마늘 먹인 닭똥 깔아났슈

잘혔구만 그런데

여긴 파란 꽃 필 자린가 흰 꽃 필 자린가

파란 꽃이유

돼지 똥 부어났슈

돼지 똥은 왜?

광식이가 녹차먹여 키우잖유

아… 참말로

똥하고 꽃이 이렇게 잘 통하는 거였네벼

척하면 척이구먼

이제 수국을 보기 위해 제주도까지 가지 않아도 된다. 2022년부터 충남 부여 유구면에서 6월이면 '유구색동수국정원축제'가 열린다. 2018년부터 유구교에서 유마교까지 약 1km 구간에 걸쳐 수국을 심었다. 한 송이 한 송이 정성스럽게 가꿔준 지역민들에게 보답이라도 하듯 수국은 웬만한 어른 얼굴보다 크게 자라 뭉게뭉게 꽃구름을 만들고 있었다. 축제장엔 화사한 흰색의 스트롱아나벨과 상큼한 분홍빛의 핑크아나벨이 주로 피어있었다. 시원한 파란색의 앤드리스썸머는 이제 막 꽃망울을 벌리기 시작했다.

수국의 색깔은 토양의 산성도에 따라 결정된다고 한다. 산성 토양에서는 알루미늄 이온이 안토시아닌과 결합해 파란색으로 변하고 알칼리성 토양에서는 분홍색으로 변한다. 중성에서 흰색 꽃이 핀다.

보통 파란 수국이 흔한데 유구에는 분홍색과 흰색 수국이 많았다. 축제를 준비할 때는 비슷하게 꽃이 피도록 토양의 성분을 다르게 했을 텐데 파란색이 유난히 적은 이유는 뭘까 생각해 보았다. 흙의 산도 측정을 잘못한 걸까 생각했고 파란색 수국이 있는 곳은 늦게 심었으리라 추측해 보았다.

웨딩홀이 연상될 만큼 수국이 화려하고 풍성했다. 연인과 가족 단위 관람객들이 많이 찾아와 꽃밭에서 화사한 여름을 즐겼다. 우리 가족도 부지런히 수국정원을 감상했다. 그리고 점심을 먹기 위해 유구천 뒤쪽 벽화마을로 갔다.

마을 골목 입구에 위치한 곱창전골집으로 들어갔다. 식당 안에는 다섯 개의 둥근 원형 테이블이 자리하고 있고 삼발이 의자가 테이블을 돌며 너덧 개씩 놓여 있었다. 빈 테이블이 하나 남아있어 들어가 앉았다. 작달막하고 단단한 체구의 주인아저씨는 검게 그을린 얼굴과 붉은 면티가 잘 어울렸다. 아저씨는 싱글벙글 웃으며 주문을 받았다.

"곱창전골 3인분이요."

출입문과 주방이 마주 보는 구조였다. 그사이에 놓인 테이블에 주인아저씨의 지인들이 자리를 잡고 있었다. 오는 사람마다 일단 아저씨와 악수를 나눈 뒤 주방에 있는 아주머니에게도 인사를 건넸다. 그리고 불판에 곱창을 구우며 소주를 한잔씩 했다.

외지 손님들은 모두 음식이 나오지 않아 멀뚱멀뚱 주인을 쳐다보고 있었다. 30분 정도 지나자 한 테이블에 메밀국수가 나왔다. 다시 10분이 더 지났다. '왜 이리 늦는 거지' 하며 주방을 보니 아주머니 두 분이 천천히 야채를 다듬으며 웃고 계셨다.

"아저씨, 저희 곱창전골 언제 나와요?"

"네? 곱창전골 시키셨어요? 에고, (주방을 돌아보며) 여기 곱창전골 있는데. 내가 깜박했네."

이게 무슨 상황이람. 멍해진 우리 가족과 상관없이 아저씨는 여전히 손님맞이로 바쁘셨다. 그 손님은 식사 손님이 아니고 지역 내 지인들로 보였다. 우리는 배가 고팠기 때문에 짐짓 화가 난 표정을 지으며 그냥 가겠다고 했는데 아저씨는 별일 아니라는 듯 상냥하게 배웅했다.

　실수해 놓고 너무 태연하니 참 난감했다. 밖으로 나와 다른 식당으로 갔다. 열무국수를 먹으면서 조금 전의 일을 다시 떠올려 보았다. 주인아저씨는 마치 큰일을 마친 것처럼 안도의 표정을 짓고 계셨다. 어쩌면 혹시⋯. 나는 유구읍의 상황을 상상해 보았다. 아저씨는 수국 축제 관계자인데 어젯밤까지 파란색 꽃이 피지 않을까 봐 몹시 걱정하고 있었던 건 아닐까. 그러다가 축제 시작일에 그래도 파란색 꽃 몇 송이가 피어서 나름 안도하는 거라 여겨졌다. 오늘 장사가 문제가 아니라 동네의 명운이 달린 수국 축제에 더 큰 관심이 있는지도 몰랐다. 가게로 찾아온 사람들에게 술 한 잔씩을 따라 주는 모습이 나의 추측에 힘을 실었다. 아마 마을에서 무언가 직책을 맡았을 수도 있다.

　젊은 사람도 없는 농촌에서 큰 행사를 준비하느라 남은 주민들이 노력을 많이 했겠다는 생각도 들었다. 그러고 보니 수국 하나하나마다 고추나 방울토마토 키울 때 고정하듯 지지대가 세워져 있던 모습도 떠올랐다. 얼마나 정성을 들였는지 알 수 있었다. 그런 일을 성공시키고 주인아저씨는 감격해 있던 모양이다. 곱창전골 파는 게 문제가 아니라 이웃들과 축제를 성공시키는 게 먼저였다는 생각이 들었다. 갑자기 픽 웃음이 나왔다. 축하합니다, 수국 축제 대성공!

9 탱자나무 꽃이
웃는다

강화도 갑곶돈대 탱자나무 꽃

구렁이와 뱀의 무리가 뒤엉킨 나무

독 오른 이빨 뾰족하게 박혀

아무도 들이지 않는다

바람을 가둬둔 나무의 손끝은 휘고
갈라진 피부에서 움트는 흰 꽃
진한 향기가 산을 넘는다

적막한 가시는 가지처럼 자라고
먼 곳에서 몰려든 벌들은
탱자나무 주름진 얼굴을 핥는다

고통으로 흔들리던 꽃과
다짐으로 날을 세우던
쓴 눈물이
푸른 열매로 매달린다

　5월, 강화도로 향하는 길은 평일임에도 정체가 심했다. 괜히 고생만
한다 싶었는데 강화도에 도착하니 바로 마음이 바뀌었다. 파란 바다 건
너 또 다른 세상이 펼쳐지리라는 기대가 생겼다. 강화대교 인근에 위치
한 갑곶돈대로 차를 몰았다. 입구에 활짝 핀 붉은 영산홍이 성벽처럼 둘
러쳐져 있었다. 갑곶돈대가 아니라 영산홍돈대였다.

강화도에는 굵직한 역사적 사건이 많았다. 고려왕조는 몽골과 전쟁이 일어나자 강화도로 천도하였다, 다시 개경으로 환도할 때까지 39년간 수도 역할을 했다. 조선 시대 정묘호란이 일어나자 인조가 강화로 와서 무사히 위기를 넘겼다. 이렇게 왕이 오기도 했지만 정치적 위기를 겪어 유배를 온 신하도 많았다.

집 둘레에 가시울타리를 치는 일을 위리안치라고 불렀다. 유배를 당한 사람들은 가시가 가득한 탱자나무에 둘러싸여 오도 가도 못했다. 강화도 갑곶돈대에는 수령이 약 400년 된 탱자나무가 있다. 이 나무는 천연기념물로 지정되어 잘 보존되어 있다.

가시투성이 탱자나무는 철책으로나 쓸까. 이리저리 휘어져 땔감 외에 다른 용도로 사용되기 어려워 보였다. 가구를 만든다거나 솟대 등으로 쓰이는 나무와 많이 다른 모양새였다. 색도 칙칙하고 모양이 구렁이처럼 구불구불한 회색빛 탱자나무는 성격도 고약해 보였다. 이 나무는 형벌 같은 나무라고 생각했다. 그런데도 눈을 뗄 수 없는 건 그 굽은 모양이 신비롭고 멋졌기 때문이다. 400년의 세월을 견디는 힘은 어쩌면 저렇게 휘어지고 가시가 박혔기 때문일지도 모른다.

탱자나무 가지 위에는 여자아이 머리핀 같은 하얀 꽃이 피었다. 짙은 향이 바람에 실려 왔다. 공원 입구부터 나던 꽃향기는 이 나무에서 시작된 것이었다. 날카롭게 솟아오른 가시 사이로 벌들이 날아들었다. 철망 같은 나무 사이를 지나다니는 작은 벌에겐 가시도 조금 다른 모양의 가지일 뿐인가 보았다. 벌들은 가시 사이를 지나 꽃으로 향했다.

가시가 있는 꽃은 유난히 향이 진한 것 같다. 탱자나무꽃도 마찬가지였다. 짙은 향기에서 외롭고 고통스러운 시간을 지나온 의연함이 느껴졌다.

평소에 어려움을 겪게 되면 가시가 나를 조여온다고 생각했다. 그래서 몸을 움츠렸는데 불현듯 그 가시도 나라는 생각이 들었다. 그 가시들이 서로 부딪치지 않도록 내가 두 팔을 벌리고 서 있어야 한다는 느낌이 들었다. 바람이 서로 지나가게 벌들이 날아들게 말이다. 그리고 그렇게 하면 탱자나무처럼 예쁜 꽃도 피울 수 있으리라. 마주 보고 있던 못생긴 탱자나무와 작은 꽃들이 한없이 대견해 보였다.

힘든 순간을 지나기 위해선 마음을 비워야 하는 것 같다. 왜 나만 이렇게 고통을 겪나 하는 한탄도 잊어야 한다. 외모가 변한 것도 받아들이고 변해서 좋은 점을 생각해 보았다. 괜히 예쁜 척하지 않아도 되고 더 자유롭고 편할 수 있다.

그리고 나에게 꽃을 피운다는 것은 무엇일까. 매일 아침을 맞이하고 다음 달 달력을 넘기는 일, 그리고 새해가 되면 떡국을 먹고 봄이 오면 산으로 들로 봄맞이를 가는 일이다. 여름에는 흐르는 땀줄기를 닦고 가을에는 낙엽을 밟으며 겨울에는 눈 뭉치를 손에 올려보는 일이다. 그렇게 모든 하루하루가 꽃이다.

굽어진 탱자나무의 은은한 향기를 온몸에 담아보았다.

10 맨드라미 정원에서
가을을 만나다

철원 고석정 꽃밭 맨드라미

이 땅엔 꽃이 피지 않을 거야

뿌리내리기엔 비가 너무 많이 와

바람도 불지 않고 태양은 뜨겁지
작약이 말했다

글쎄 그곳에 가도 잘 자랄지 의문이야
배수도 잘되고 햇빛은 풍부한데
나는 관상용이야
튤립이 말했다

꽃잔디는 어떨까 번식력이 강하잖아
너는 병든 잎 구분할 수 있니
음악이 있으면 좋겠어
추운 날에도 위로가 필요하잖아

그럼 그렇지 아무도 없다
떨어진 닭의 깃털 하나 모자에 얹었다
뿌리내리지 못해도
이렇게 곁에 있으면 돼

내 곁에 있으면 너도 나야
지구를 가를 듯 바다까지 닿아

붉은 맨드라미가 불타오른다

너의 생각을 머금느라 마음껏 삼킬 수 없었다

아름다움과 강렬함 중 한 가지를 택하라면 무얼 고를까.

고석정 원두막에 앉아 있을 때 불현듯 든 생각이다. 고석정 꽃밭에는 가우라, 백일홍, 천일홍, 버베나, 맨드라미 등이 피어있었다. 고석정의 맨드라미는 촛불 맨드라미였다. 꽃밭은 따뜻하고 강렬했다.

오래전 부모님은 철원 고석정에서 찍은 사진을 보여주며 이렇게 멋진 곳은 없다고 말씀하셨다. 사진 속 고석정은 눈으로 덮여있었다. 여러 장의 설경 사진은 매우 인상적이었다. 임꺽정이 수련했다는 한탄강의 주상절리는 신성하고 신비로운 느낌이었다. 그래서 나는 철원 하면 설경부터 떠오른다. 그런 철원에 최근 새로운 볼거리가 SNS를 통해 올라오고 있다. 바로 고석정 맨드라미 사진이다. 가을바람이 불기 시작하자 철원으로 향하는 버스에 올랐다.

어릴 적 나는 맨드라미꽃의 생김이 이상하다고 느꼈다. 당시 나에게 예쁜 꽃은 동그라미를 따라 꽃잎이 차곡차곡 달리고 좋은 향기를 머금은 꽃이었다. 그 당시 맨드라미는 조물주의 실수처럼 느껴졌다. 빨간색 손부채 하나가 쭉 올라와 우글우글하게 주름이 잡혀 있는 모습이 커다란 수탉을 연상시켰기 때문이다. 실제로 맨드라미는 닭 볏처럼 생겨 '계관화(鷄冠花)' 또는 닭 머리 모양의 꽃이라 하여 '계두화(鷄頭花)'라고 불리기도 한다. 식물이 동물의 한 부분처럼 생기다 보니 나에게는 식충식물인 파리지옥과 유사하게 여겨졌다.

나중에야 맨드라미의 긴 꽃대 아래 여러 개의 작은 꽃이 달려있다는 걸 알게 됐지만 그때도 맨드라미가 아름답다고는 생각되지 않았다. 그러나 언니는 맨드라미의 붉은색이 강렬하다며 좋다고 했다. 내가 맨드라미는 꽃이 아닌 동물 같다고 말하자 언니는 장롱을 열어 빨간 담요를 보여주었다.

친정어머니는 새댁으로 불리던 시절 이불 장사를 하셨다. 팔기도 하고 집에 많이 사두기도 하셨던지 내가 성인이 될 때까지 친정집에는 여러 장의 담요가 있었다. 아주 두툼한 담요부터 얇은 것까지 종류도 다양했는데 모두 촉감도 좋고 우아한 꽃 그림이 그려져 있었다.

아라비아의 유명한 상품 중에 카펫이 있다면 우리나라에는 빨간 담요가 있다고 나는 생각했다. 담요는 보드라워 덮고 있으면 밍크코트를 걸친 것처럼 따뜻했다. 언니는 장롱에서 빨간 담요를 꺼내더니 그것에 주름을 잡아 돌돌 말고는 말했다.

"어때? 맨드라미꽃 같지?"

나는 커다란 미술작품을 보는 듯했다.

"어? 주름을 잡으니 정말 맨드라미 같네. 이런 따뜻한 느낌 때문에 사람들이 맨드라미를 좋아하는구나."

언니는 말없이 웃었다.

친정어머니는 잠이 별로 없으셨다. 새벽에 일찍 깨서는 잠버릇이 심한 딸들에게 담요를 덮어주곤 하셨다. 그때 나는 잠결에도 어머니의 포근한 사랑을 덮는 느낌이 들어 아침까지 단잠을 잤다. 언니는 맨드라미가 친정어머니의 담요처럼 느껴졌던 모양이었다. 나도 그때 이후로 맨드라미는 따뜻한 꽃으로 여기게 되었다. 그리고 시간이 흐르면서 그 강렬한 색이 점점 좋아졌다.

고석정 꽃밭의 맨드라미는 어릴 때 보았던 맨드라미와 다른 것이었다. 촛불 맨드라미라고 불리는 종이었다. 고석정을 가득 채운 넓은 맨드라미 꽃밭을 보니 내 마음도 아름답게 불타오르는 듯했다.

이제 나도 여린 꽃보다 강렬한 꽃이 더 좋다. 맨드라미처럼 말이다.

숨결 둘

강물 따라 흐르는
깨끗한 숨

한탄강이 흘러간다
나고 자란 곳을 떠나
자갈과 모래와 함께
뒹굴며
바위에 부딪쳐
먼 바다로 가는 길에
몸을 맡긴다

1 반곡마을 집집마다 찾아온 봄,
구례 반곡천

구례 반곡천

반곡마을에 들어서면

어느 집이든

산수유나무 한 그루씩은

심어져

못 사는 집, 잘 사는 집

따지지 않고

모두에게 똑같이

봄이 찾아온다

반곡천 계곡물에도

산수유꽃 피어나고

노란색 꽃등이

둥근 박처럼 열려

온 마을이 환하다

산수유꽃 닮은

노랑머리 딸아이

돈보다 출세보다

봄이 더 좋다며 웃는다

　산책로에 핀 산수유꽃이 봄을 알린다. 겨우내 움츠렸던 나에게 봄꽃 여행을 선물하고 싶었다. 3월에 중순이 되어 구례로 가는 기차를 탔다. 창밖으로 농사를 위해 갈아놓은 밭이 보였다. 곱게 갈린 흙을 보며 만약에 내가 농촌에 산다면 무엇을 심을까 생각해 보았다. 콩, 배추, 호박, 가지, 옥수수의 모습을 상상하다 보니 어느새 기차는 구례구역에 도착했다. 기차역 입구와 가까운 곳에 버스정류장이 있었다. 산수유마을로 가는 버스는 기차 도착시간에 맞춰 운행되는지 잠시 후 정류장으로 들어섰다.

지방의 몇몇 소도시에서 농어촌 천원 버스가 시행 중이다. 구례에서도 버스를 타고 천 원으로 거리에 상관없이 목적지에 갈 수 있었다. 섬진강변을 따라 운행하는 버스를 타고 가니 잠깐 내렸다 가고 싶을 만큼 경치가 좋은 곳도 많았다. 여행을 다니면 다닐수록 다음에는 저곳도 가 봐야지 하는 곳이 늘어난다.

버스에 내려서는 길을 물을 필요도 없이 관광객의 행렬을 따라가기만 하면 됐다. 도착한 반곡마을 입구 벽에 홍준경 작가의 「손녀가 시인이다」라는 시가 있었다. 시의 내용은 손녀가 멋진 말을 해서 네가 시인이라고 했다가 돈을 벌기는 어렵다는 생각에 머리만 긁적였다는 이야기다.

재미있는 시를 지나쳐 대음교 아래로 걸어갔다. 햇빛을 받아 빛나는 산수유꽃과 계곡을 따라 흐르는 맑은 물, 온갖 걱정이 사라질 만큼 멋진 풍경을 만났다. 반곡천의 하상은 거대한 암반이다. 커다란 바위 위를 건너다니는 것도 즐거운 일이었다. 서시천이 굽이굽이 작은 폭포를 만들며 흘렀다. 물소리가 마음을 씻는 듯했다.

이곳에 산수유나무가 심어진 계기는 중국에서 한 처녀가 시집올 때 나무를 가져오면서 시작되었다. 결혼할 때 나무를 가져올 생각을 하다니, 굉장히 진취적인 여인이었던가 보다. 그렇게 들어온 산수유는 반곡, 산동, 현천 마을 등으로 퍼졌다. 척박하여 농사가 잘되지 않는 땅에 이곳 사람들은 산수유 열매를 수확하여 생계를 유지했다. 산수유는 꽃도 예쁘지만 열매는 곡식을 대신할 만큼 살림살이에 도움이 되었다. 산동마을, 반곡마을, 현천마을 등 구례에는 산수유꽃으로 유명한 마을이 많다. 길가와 집 안팎으로 산수유를 심어서 환하게 봄맞이하는 모습이 보기 좋았다. 마을이 온통 꽃으로 덮여 환하니 봄의 축복이 가득한 듯했다.

반곡천 바위 위에 앉아 나에게 산수유꽃을 가르쳐준 사람을 떠올려보았다. 바로 덕산 돼지목장 사육사 아주머니다. 그녀는 남편과 함께 목장에서 돼지들을 돌보았다. 산수유꽃을 유난히 좋아했고 힘든 일을 하면서도 밝았다. 사육사 부부에게는 잘 웃고 명랑한 어린 딸과 아들도 있었다.

노래도 잘 부르고 음식도 맛깔나게 하는 사육사 아주머니의 주 업무는 아기 돼지를 돌보는 일이었다. 어미 돼지가 해산할 때 특히 일이 많았다. 일일이 아기 돼지 한 마리씩 피를 닦아내야 했다. 그녀는 세상 밖으로 나오느라 힘들어 숨을 못 쉬는 아기 돼지를 입으로 불어 숨을 쉬게

했다. 한 번 출산할 때 많게는 12마리까지 출산하기 때문에 새벽까지 좁은 사육장 안에서 피를 닦고 체온을 맞추는 일도 그녀의 몫이었다.

봄이면 어머니와 내게 산나물의 종류와 요리법도 알려주었다. 산중에 핀 산수유꽃을 좋아해서 바라보며 작은 꽃을 쓰다듬곤 했다. 남들에게 대접받는 직업이 아니어도 두 아이와 함께 일상의 행복을 이어가는 모습에는 가슴을 데우는 무언가가 있었다. 그리고 가진 게 없어도 행복하다는 말을 증명하려는 듯 찡그린 얼굴을 하지 않았다. 고단함의 반복이지만 평온한 아주머니의 미소는 산수유꽃처럼 소박하고 아름다웠다. 요리 솜씨도 좋아 가끔 저녁 식탁에 갈비찜을 차려 놓고 우리 가족을 초대하기도 했는데 반주를 한 잔 드신 아버지는 노래를 부르곤 하셨다. 사육사 부부와의 만남은 부모님에게 외로운 산골 생활의 활력소가 되었다. 하지만 몇 년 뒤 목장이 폐업을 하면서 그분들은 다른 곳으로 옮겼다.

꽃보다 더 아름다운 마음이 번져있던 돼지 목장. 아기 돼지가 태어나면 얼른 씻겨서 어미 돼지에게 데려다주던 분주한 모습이 눈에 선하다.

"산수유꽃이 노랗게 피었네요, 여기 싸리나무 새순도 좀 보세요."

작은 등불같은 아주머니의 목소리가 반곡천을 타고 흘렀다.

2 황포돛배를 타고, 부여 금강

부여 금강

삼포 식물 고란초

꽃도 없고

열매도 없고

씨앗도 없다

축축한 바위 옆

그늘진 곳에서

비바람이 불어도

잘 붙어 있는

특기 하나로

불로초가 되었다

잎 뒤에 가지런한 희망들

황포돛배를 타고

구드래 나루터로 떠난다

  '백마강'은 금강의 다른 이름이다. 백제의 수도였던 부여에서 '큰 강'이라는 의미로 붙여진 이름이다. 금강은 충청남도와 전라북도의 도계를 이루면서 군산에서 서해로 흘러간다.

  초록빛 푸르름으로 짙어지는 5월 부여 고란사로 향했다. 고란사에 가려면 부소산성에서 걸어가는 길과 구드래 나루터에서 배를 타고 가는 길이 있다. 이왕이면 강물을 가르는 황포돛배가 좀 더 운치 있어 보였다.

선착장에서 황포돛배에 오르니 아이들 어릴 때 생각이 났다.

큰아이는 어릴 때 만들기를 좋아했다. 손재주가 좋아서 종이나 나무 등의 만들기 재료를 사다 주면 이것저것 잘 만들었다. 비행기와 배도 여러 척 만들었다. 그중에 황포돛배도 있었고 나무로 된 선박도 있었다. 욕조에 물을 받아 놓고 동생이랑 배를 띄우며 놀던 모습이 떠올라 피식 웃음이 났다. 아이들은 주로 작은 장난감을 배에 태우고 놀았다. 나는 작은 꽃을 꺾어 배 위에 올려주고 색색 조약돌도 올려주었다. 아이들 노는 모습을 보면 재미있었다. 인형에게 말을 걸고 바가지는 섬나라가 되고 샴푸통은 고래가 되었다.

나태주 시인은 '아이들은 모두 시인'이라고 말했다. 아이들이 시인과 화가, 발명가도 되는 것 같다. 어린아이가 어른들의 고민거리를 해결한 경우도 많이 있다.

논산 관촉사에는 고려 시대 최대 석조인 미륵보살 입상이 있다. 높이 18m의 거대한 석불은 은진미륵이라 불리며 37년에 걸쳐 완성되었다고 한다. 불상을 완성하고도 세우지 못하고 있다가 두 명의 동자승이 강가에서 흙장난을 하는 모습을 보고서 불상을 세웠다고 한다. 당시 동자승들은 평지에 불상의 아랫부분을 먼저 세운 다음 그 주변에 모래를 높이 쌓아 불상의 가운데 부분을 위로 밀어 올리고, 다시 그 주변에 모래를 높이 쌓아 불상의 윗부분을 밀어 올리는 놀이를 하고 있었다고 한다. 놀이를 통해 발현되는 고려 시대 아이들의 창의력이 정말 놀랍다. 저기 떠

다니는 돛단배도 강가에서 물고기를 잡던 어느 소년이 만들기 시작했을 지도 모르겠다.

구드래 나루터 인근에 해설사가 있었다. '구드래'라는 이름의 유래를 알려주었다. 삼국시대 백제의 왕이 왕흥사로 예불을 드리러 가는 길에 나루터가 추울까 봐 신하들이 '구들돌에 불을 때어 따뜻하였다' 하는 데서 유래했다. 백제왕이 몸을 녹였던 나루터는 배가 닿기 좋게 물살이 고요했다. 잠시 후 배가 도착하고 조심히 배 안으로 들어가 자리를 잡았다. 강바람이 얼굴에 부딪혀 시원했다.

황포돛배는 부여의 궁인들이 백제가 멸망할 때 몸을 던졌다는 낙화암을 돌고 고란사 선착장에 닿았다. 부소산의 가파른 절벽과 어우러진 울창한 소나무가 멋졌다. 자연석으로 널찍하게 만들어 놓은 계단은 가파르지 않아 수월하게 오를 수 있었다. 입구에 부여의 옛 모습이 사진으로 전시되어 있었다.

고란사는 고려 시대 현종이 지었고 절 뒤에 자리한 바위틈에 고란초가 나온다고 하여 붙여진 이름이다. 고란초는 양치식물이다. 고사리처럼 잎 뒷면에 포자가 자라 번식한다. 꽃도 씨앗도 열매도 없다. 이런 고란초가 제주도에서는 불로초로 불린다고 한다.

밖으로 나와 낙화암 위에 있는 '백화정'으로 향했다. 절벽에 세워진 정자라 그런지 계단이 매우 가팔랐다. 정자의 규모는 작았다. 백제의 사비성이 나당연합군에게 점령될 때 백제의 여인들이 이곳에서 백마강으로 몸을 던졌다고 한다. 그 모습이 꽃잎이 떨어지는 것 같았다고 해서 이곳을 낙화암이라고 부른다.

산길을 올라오느라 조금 힘들었는데 백화정에 앉아 쉬니 절경과 바람이 큰 휴식을 안겼다. 다시 구드래 나루터로 향하며 나루터에서 오갔을 이야기를 상상해 보았다.

"소금은 요즘 얼마나 하나요?"

"우리 남편이 아파서 인삼 좀 구하고 싶은데 어디로 가면 좋을까요?"

황포돛배는 사람들의 물음에 답을 달고 백마강 위를 운항하고 있었다. 고란초 포자도 바람에 부푼 돛 뒤에 붙어 새로운 터전으로 향했다.

3 농다리에서 별을 세다, 진천 농다리

진천 미호강

자주색 행성이

강물 위에 걸쳐졌다

미호강에 새겨진

28수의 별자리

청룡은 돌비늘을 어루만지고
봉황이 상판을 휜다
거북이와 뱀이 한 몸이 되어
교각을 감싸고 돈다

밤마다 이곳을 지나 산길로
뛰어간다는 백호
별자리가 된 돌들
소원을 들어주는 다리가 되어

미호강의 윤슬이
또 다른 은하수를 뿌려 놓는다
소원을 품에 안고 물살이
농다리를 지난다

　　장마가 끝나고 얼마 지나지 않아 진천으로 향했다. 출발 전부터 농다리 사이를 지나는 시원한 강물 소리가 들리는 듯했다. 농다리는 진천군 문백면 구곡리 굴티 마을 세금천(미호강)에 축조된 돌다리다. 천여 년의 세월을 지나온 다리로 『상산지』와 『조선환여승람』에 축조 내용이 기록되어 있다.

고려 시대 임장군은 어느 추운 겨울날 다리가 없는 미호강을 건너려는 한 여인을 만난다. 그녀는 친정아버지의 부고를 듣고 강을 건너려는 것이었다. 임장군은 그녀의 효심에 감동하여 돌을 날라 농(籠) 다리를 만들었다. '농'은 대바구니처럼 돌을 얽히고설키게 만들었다고 해서 붙여진 이름이다.

농다리의 색은 자주색으로 사암과 역암이라고 한다. 검은색과 흰색이 섞인 화강암을 많이 보아 왔지만 자주색 암석이 흔하지 않아 귀하게 여겨졌다. 농다리의 암석은 물고기 비늘처럼 쌓아 올려져 지네처럼 길게 늘어져 있다. 돌다리는 동양의 별자리 28수를 본떠 28칸의 교량으로 완성됐다고 한다. 교각 사이로 강물이 흘렀다. 쌓아 올린 돌 사이에도 강물이 지나느라 물보라가 소용돌이쳤다.

농다리의 돌들은 석회로 붙이지 않고 쌓아 놓기만 했는데도 천년이라는 오랜 세월 동안 든든하게 버티고 있었다. 마치 사람 사이의 관계를 보는 것 같기도 했다. 고정관념이 깊게 뿌리내리면 새로운 것을 받아들이기 어려워 타인과 섞이기 어렵다. 유연하게 생각하고 다른 의견 받아들이면 인간관계도 오래가는 것 같다.

다리를 만들 때 일반적으로 상판을 더 넓게 하는 것과 달리 농다리는 유실을 가장 크게 고려한 듯 교각을 넓게 만들었다. 교각 사이에 물이 흐를 수 있게 촘촘히 28칸의 수문을 만들어 사이사이 물이 빠져나갈 수 있도록 했다. 수문 28칸은 동양의 별자리 28수에서 유래해 만들어졌으나 오래전 4칸은 매몰되어 현재 24칸이다.

별자리는 고대부터 지금까지 천문학적 도구로 사용되었다. 처음에는 농사와 관련되어 있었지만 상상의 이야기가 만들어지고 점점 길흉화복을 점치는 점성술이 발달했다. 서양의 황도 12궁과 다르게, 다른 문화권에서는 자신들만의 별자리 체계를 가지고 있다. 동양에서는 28수라는 별자리 체계를 사용하여 하늘을 동, 서, 남, 북으로 나눈 후 각 방향을 여러 개로 더 세분화한다.

동쪽의 청룡은 봄을 상징하고 북쪽의 현무는 겨울, 서쪽의 백호는 가을, 남쪽의 주작은 여름을 상징한다. 그리고 다시 7개로 세분화해 모두 28수의 별자리가 생긴다. 강물에 돌다리 하나를 놓더라도 은하수처럼 아름다운 마음으로 완성해 가는 조상의 지혜와 정성이 감동적이었다.

사암의 자줏빛은 자수정처럼 아름다웠다. 수정 동굴에 들어온 느낌이었다. 상판이 좁아도 교각이 넓어 마주 오는 사람과 부딪칠 일이 없었다.

이렇게 정성을 들여 축조한 농다리는 소원을 비는 다리이기도 하다. 마침 수학여행 온 학생들도 농다리를 지나고 있었다. 빨간 우양산을 든 모습도 신선했다. 원하는 소원을 빌면서 가는지 학생들의 발걸음이 경쾌해 보였다.

나도 농다리를 지나며 앞으로 더 튼튼해져 여행도 많이 하고 행복해지길 바라는 마음을 되새겨 보았다. 농다리 사이를 지나는 물소리가 시원했다. 미호강을 둘러싼 산이 한층 더 푸르러 보였다.

4 토끼의 사연,
   춘천 의암호

춘천 의암호

북한강변 삼악산 물수리 한 마리 지나며

작은 붕어 한 마리 낚아챈다

물 깊은 북한강 잉어가 고개를 들고

입을 뻐끔거린다

거북이가 따뜻한 쌍화차를 준비한다

내 간은 저 바위 뒤에 있다고

후덜 거리는 다리를 이끌고

용궁문을 열려는 찰나

경비아저씨가 부른다

믹스 커피나 한잔해요

저… 사연 있는 건 아니고요

그만 재빨리 지상으로 복귀

　가을에는 참 갈 곳이 많아서 좋다. 여기저기 축제도 많고 경치도 좋아 절로 내 몸에도 에너지가 충전된다. 특히 먹거리 축제가 유독 많다. 화성 포도 축제, 횡성 한우, 금산 인삼, 임실 치즈, 순천 장류, 강릉 커피, 청송 사과 등 이름만 들어도 마음이 넉넉하다. 그중에서도 춘천 닭갈비 축제에 가보기로 했다. 북한강을 따라 낭만 가득한 춘천의 풍경도 보고 닭갈비도 먹고.

　'춘천 가는 기차는 닭갈비 먹으러 가네~' 용산역에서 ITX-청춘 열차를 탔다. 1시간 남짓이면 도착 가능했다. 남춘천역에 내려 시내버스로 행사장에 갔다. 삼악산 호수 케이블카 인근에서 행사가 열렸다. 닭갈비 뷔페를 비롯하여 각종 먹거리로 가득했다. 점심때가 되니 넓은 음식 테이블이 순식간에 메워졌다.

닭갈비의 고장에서 맛보니 더 감칠맛이 났다. 닭고기와 야채가 어우러져 환상의 조합이다. 그리고 시원한 막국수도 한 그릇 뚝딱 비웠다. 탱글한 면발에 시원한 육수, 솔솔 뿌려진 김가루와 살짝 매운 양념까지 최고다.

충전했으니 북한강을 따라 걸었다. 북한강은 금강산에서 발원하여 철원을 지나 양평의 두물머리에서 남한강과 합쳐져 한강으로 흐른다. 북한강은 청명한 빛깔이었다. 삼악산 호수에서 포장된 산책로를 따라 50분 정도 걸으니 의암호 스카이워크에 도착했다. 지나는 길에 북한강에서 카누를 즐기는 사람들을 만날 수 있었다. 힘차게 노를 젓다가 도착 지점에서 모두 한 번씩 소리를 질렀다. 기운 가득한 함성이 듣기 좋았다.

의암호 스카이워크 입구에서는 신발을 벗고 슬리퍼를 신고 걸어가야 하는데 바닥이 내려다보이는 물살에 다리가 후들거렸다. 지름이 약 6m 정도의 원형으로 되어있는 스카이워크 끝에 다다르면 물 위로 떨어질까 봐 무서웠다. 얼른 고개를 들어 삼악산과 의암호가 이루는 절경을 바라봤다. 같은 위치에 있지만 아래를 보면 무섭고 위를 보니 담담해졌다.

인생은 이렇게 가끔 다른 곳으로 시선을 돌려야 편해질 수 있는 것 같다. 슬프고 우울하다가도 재미있는 드라마나 영화를 보고 갑자기 피식 웃게 된 경험이 있다. 또 나도 모르게 기분이 처지는 날, 누군가 자꾸 졸라서 따라가 먹은 짬뽕 한 그릇에 다시 힘이 날 때도 있다. 음악과 춤도 나의 기분을 풀어준다. 조심스럽게 걸어 다니며 의암호 스카이워크를 감상했다. 나와서 신발을 신으려는데 지킴이 아저씨가 나오셨다.

"믹스 커피라도 한 잔 드릴까요?"

"아뇨, 괜찮습니다. 여기서 가장 가까운 버스정류장은 어디일까요?"

여쭤보고 알려주는 길로 돌아 나오는데 아차 싶었다. '여자 혼자 투신이라도 할까 봐 걱정돼서 그러시는 걸까' 하는 생각이 번개같이 스쳤다.

갑자기 많이 쑥스러웠다. 그래도 참으로 인간미 넘치시는 지킴이 아저씨다. 고독해 보이지 않으려고 걸음걸이에 바짝 신경을 쓰며 버스정류장으로 향했다.

5 호젓함에 묻히다, 남원 광한루

남원 광한루

광한루에 산다

오작교를 지나 그네를 타고

매가 되어 하늘을 날고

발갈퀴로 잔물결을 일으킨다

광한루를 흐른다

섬진강을 지나 남해 바다가 되고

함께 쓸려온 모래더미로 섬 하나 만들고

얼음조각에 부딪혀 몸을 돌린다

광한루로 떨어진다

산골짜기 풀잎 위에 내려와

나무뿌리에 뒤엉켜도

찰진 흙 사이를 빠져나와 만난다

정화수 위에 드리워진 단정한 이마와

맹세하듯 넓게 펴진 어깨가

한밤에 달빛처럼 연못 위 버들잎처럼

광한루에 살고 광한루에 묻힌다

남원시 광한루는 성춘향과 이몽룡이 처음 만난 장소다. 이곳에서 매주 토요일, 춘향전의 한 장면인 '신관 사또 부임 행차'를 볼 수 있다. 조선 시대 의복을 갖추고 오작교를 건너는 군관들의 모습이 화려하고 신명 났다. 행렬의 끝에 인형 탈을 쓴 춘향이와 몽룡이가 지나가며 재롱을 부렸다.

춘향전의 최고 명장면은 무얼까. 오래도록 나는 춘향이가 광한루에서 그네를 타는 모습을 명장면으로 꼽았다. 그네를 타는 춘향이의 나풀거리는 치맛자락을 보고 몽룡이 관심을 보이는 장면은 광한루의 풍경처럼 몽환적이다. 그리고 두 청춘남녀가 못된 사또를 혼내주고 성공과 사랑을 이루는 결말도 흐뭇했다.

그러나 IMF 시절 어느 아침 이후로 춘향전에 대한 인상이 바뀌었다. 1997년 겨울, 갑자기 회사들이 부도가 나고 실직자가 많이 생겼다. 금리는 치솟았고 집값은 폭락했다. 신문에는 연일 자살하는 사람들 기사가 났다. 부채를 이기지 못해 생을 마감하려는 사람의 사연이 이어졌다.

저택에 살다가 단칸방으로 쫓겨오기도 하고 잘 곳이 없어서 찜질방을 전전하는 사람들도 많았다. 직장인 중에는 이전보다 훨씬 적은 월급과 야근비나 기타 수당을 제외한 기본급만 받고 일하는 사람이 많았다.

IMF는 우리 가족에게도 큰 상처를 남겼다. 금융위기가 오기 1년 전 아버지는 대형 현장에서 일을 맡게 되었다. 돈벌이가 잘되자 더 큰 불도저를 4년 할부로 구매했다. 수입차였던 불도저의 할부 금액은 매월 400만 원이었지만 외환위기 이후로 1,200만 원에서 1,500만 원 정도 내야됐다. 아버지는 하루도 쉬지 않고 불도저 일을 하셨다.

당시 나도 적은 월급을 받으며 직장에 다녔다. 그리고 오전 9시부터 오후 11시까지 일하는 살인적인 근무시간을 감당했다. 주변의 사람들이 빚 때문에 힘들어했다. 많은 회사들이 한꺼번에 문을 닫아 생계를 위해 사우나와 청소 일자리도 줄을 서야 했다.

그렇게 버티고 있던 어느 날 아침이었다. 당시 강남으로 2호선을 타고 출근했다. 토목회사에서 설계를 할 때였다. 눈이 뻑뻑하여 지하철에서 서서 손잡이를 잡고 눈을 감고 있었다. 신림역을 지날 때 차량과 차량 사이에 연결된 문이 열리는 소리가 들렸다.

"승객 여러분 안녕하십니까."

통로에 서서 아저씨 한 분이 이렇게 인사를 건넸다.

지하철에서 물품을 판매하거나 천국에 가야 한다는 설교를 하시는 분이라고 생각했는데 갑자기 인사를 하더니 '쑥대머리' 창가를 부르셨다.

"쑥/대~머~리~이~"하고 애절한 목소리가 들렸다. 눈을 슬며시 뜨고 돌아보니 머리가 희끗희끗한 노인이셨다. 카키색 잠바에 허름한 검은 바지, 그리고 한 손에는 지팡이가 들려있었다.

"쑥대머리귀신형 용적막옥방으찬자리에 생각난것이임뿐이라, 보고지고보고지고한양낭군을 보고 지고~"

노랫소리에 귀 기울이는 동안 지하철 차량으로 거대한 폭포가 쏟아져 내려오는 듯했다. 2호선 지하철이 풍경 좋은 곳으로 바뀐 느낌이었다. 기다리던 님도 만나지 못하고 죽음을 앞두었던 심청이가 열차 안에서

울고 있는 듯했다. 정절을 지켰으나 죽음을 맞이하게 된 상황, 보고 싶고 그리운 심정이 긴장으로 굳어진 마음을 두드렸다.

절실한 목소리를 타고 강렬한 사랑의 슬픔이 전해졌다. 심청이가 불쌍했고 나 자신도 안쓰러웠다. 지하철에 몸을 구겨 넣고 생계를 위해 허덕이는 승객들도 가여웠다. 아저씨는 노래가 끝난 후 점잖게 인사를 하고는 다음 칸으로 향하셨다. 창가가 끝나자 열차 안의 텁텁한 공기가 신선하게 느껴졌다. 아직 명창을 만나본 적은 없으나 분명 저분은 명창일 거라는 생각이 들었다. 희망이 없는 어두운 표정의 사람들이 안타까워 심청이의 노래를 꺼낸 것으로 여겨졌다.

그 창가는 삼십 년이 다 되도록 나의 가슴에 남아있다. 지금도 춘향전을 볼 때면 열차에서 용기 내어 쑥대머리 창가를 부른 아저씨가 생각난다. 그리고 춘향이보다 더 애절한 사연을 가지고 있을 것 같은 아저씨의 모습이 떠오르곤 한다. 자신도 형편이 좋지 않지만 소리로 사람들을 위로하고 살릴 수 있다는 신념을 갖고 계셨던 듯하다. 예술이 있어야 할 곳은 이렇게 지친 사람들이 있는 곳이라는 생각이다. 화려하고 모든 것이 채워진 곳이 아니라 우울한 마음의 방향을 돌리고 암담한 안개를 걷어내는 것이 예술이 설 자리인 듯하다. 목소리에 담긴 진심이 통했던 날을 회상하며 광한루를 거닐었다.

6 이끼 계곡 올갱이,
영월 김삿갓 계곡

이끼가 많은 영월 김삿갓 계곡

김삿갓 계곡 바위마다

푸른 이끼가 숲을 이룬다

새소리도 녹아내린 계곡의 물속에

삿갓으로 얼굴을 가린 올갱이 한 마리

거센 물살 가장자리에 서서

절벽이 된 산비탈을 적어 본다

먼 시골집에서 들려오는 개 짖는 소리

산허리 배추밭을 오르는 더딘 경운기

어머니 머리에 씌워진 단정한 면사포

아기 엉덩이를 감싸던 하얀 기저귀

폭우에 쓸려갔던 닭과 송아지

천둥이 치던 날 불붙던 나무

흰 눈밭에서 잠들었던 아버지

어린아이가 되어 버린 어머니

별들은 한밤중 강물로 쏟아지고

강물은 음을 붙여 계곡을 연주한다

한낮의 기온이 연일 38도를 넘나드는 여름날이었다. 시원한 계곡을 찾아 강원도로 차를 몰았다. 김삿갓 계곡은 영월군 김삿갓면 와서리 선달산에서 발원하여 경상북도 영주시와 충청북도 단양군으로 흐른다. 산세가 험한 강원도 계곡은 비가 오랫동안 오지 않았음에도 물이 맑았다.

마을 입구부터 김삿갓 모양을 본뜬 석조물이며 간판들이 늘어서 있었다. 계곡으로 가기 전 '김삿갓문학관'에 들렀다. 시인이 삿갓을 쓰고 유랑을 다녔다는 건 알고 있었지만 왜 그랬는지는 문학관에 와서야 이유를 알았다.

김삿갓의 본명은 김병연(1807~1863)으로 자는 성심(性深), 호(號)는 난고(蘭皐)이다. 립(笠)과 삿갓은 방랑할 때 사용한 이름이라고 한다. 조선의 세도가였던 안동 김씨 가문의 자손으로 태어났으나 순조 11년(1811) 할아버지 김익순이 홍경래의 난을 막지 못하고 항복하면서 집안이 몰락했다. 노비였던 김성수를 따라 피신했다가 형벌이 풀리면서 부친인 김안근에게 돌아가 과거 공부를 했다.

집안의 내력을 모르고 과거 시험에 응시했고 하필 시제가 할아버지 김익순이 홍경래의 난 때 저지른 행태를 비판하라는 것이었다. 병연은 김익순의 불충을 소상히 적어 장원급제를 했지만 그의 후손임이 알려지면서 논란이 일었다고 한다. 충효를 중시하는 조선 사회에서 조상을 욕한 죄가 부끄러워 김병연은 평생을 삿갓을 쓰고 다니면서 떠돌았다고 한다.

그는 조선 팔도를 다니며 자신의 처지를 한탄하기보다는 부패한 사회를 올곧게 들여다보는 시를 많이 썼다고 한다. 기구하고 비참한 운명을 받아들여야 했던 그는 자신과 같은 처지에 있는 사람들의 이야기를 시로 엮었고 그들의 삶을 대변했다. 또 권력에 붙어 타락한 중과 글을 읽으나 마음이 야박한 서원의 이야기도 나온다. 김삿갓은 자유롭게 세상을 누비며 천대에도 아랑곳하지 않고 꼿꼿하게 자신의 정신을 지켜냈다.

시시비비비시시(是是非非非是是) 옳은 것을 옳다 하고 그른 것을 그르다 함이 꼭 옳지만은 않고
시비비시비비시(是非非是非非是) 그른 것을 옳다 하고 옳은 것을 그르다 함도 옳지 않을 때가 있다
시비비시시비비(是非非是是非非) 그른 것을 옳다 하고 옳은 것을 그르다 함도 그른 것은 아니다
시시비비시시비(是是非非是是非) 옳은 것을 옳다 하고 그른 것을 그르다 하는 것이 바로 시비니라

세상을 달관한 듯한 그의 시를 읊으니 알 것 같으면서도 어려웠다. 문학관을 나와 계곡으로 향했다. 김삿갓의 기구한 운명처럼 계곡은 기암절벽 사이를 휘휘 돌며 물보라를 일으켰다. 운동화를 신었음에도 불구하고 안으로 들어가 보니 바위마다 이끼가 잔뜩 껴서 상당히 미끄러웠

다. 거센 물살도 소용없이 이끼가 많았다. 손으로 바위를 쓸면 다슬기가 한 움큼씩 손에 쥐어졌다. 다슬기를 이곳에선 올갱이라고 불렀다. 식당마다 올갱이국, 올갱이 부침개 등의 메뉴가 적혀 있었다. 올갱이의 껍질이 김립의 삿갓 모양을 닮아서 웃음이 났다.

계곡물에 몸을 담그니 생각보다 차지 않았다. 미지근하고 맑은 물이 산 그늘 아래로 흐르고 있었다. 물소리를 들으며 조심스럽게 바위를 짚고 상류로 올라갔다. 두어 시간을 그렇게 놀았더니 여름내 땀을 많이 흘려 약해진 피부가 오일을 바른 것처럼 부드러워졌다.

돈을 벌기 위해서 지은 것이겠지만 인적이 드문 산골에 펜션을 짓고 지친 사람들이 쉴 수 있도록 노력하는 분들에게도 고마운 마음이 들었다. 펜션에서 어망을 빌려 물고기 잡기에 도전해 보았다. 아쉽게도 계곡 바닥도 이끼로 너무 미끄러워 빨리 움직일 수가 없었다. 대신 기다시피 주저앉아 다니며 삿갓을 쓴 올갱이를 잡았다.

7 하회마을에서 시간의 미로를 걷다, 안동 낙동강

안동 하회마을

기와집 초가집 어울려

세월과 역사를 지켜온 시간

막다른 골목에 다다라도
양옆에는 새로운 길이 있다

갈등이 쳐놓은 미로의 그물
삼신당 신목에 이르면
갇힌 듯 조여드는 마음도
흰 종이로 매달리고

두둥실 떠 올라 해죽이 웃고 있는
흰 구름 한 조각을
진흙으로 개어진 담벼락이
붙잡아 당긴다

자유로이 떠돌고 싶은 마음이
몸살처럼 계절을 가리지 않고 찾아와도
외로움이 쌓인 관절 마디마다
고약처럼 붙은 다정다정

　하회(河回)마을 연못에 연꽃이 활짝 피어있다. 입구부터 제방을 따
라 이어진 황톳길이 조선 시대 풍류 속으로 길 안내를 시작했다. 오래전

안동 하회마을은 허 씨와 안 씨 중심의 씨족 마을이었다고 한다. 세월이 흐르면서 점차 이들 두 집안은 떠나고 풍산류씨가 남아 600년 동안 명맥을 이어오고 있다. 전통적인 유교문화를 지키며 사는 하회마을은 2010년 7월 유네스코 세계문화유산으로 등재가 확정되었다. 이곳의 전통가옥, 생활양식, 자연경관 등이 세계인의 주목을 받고 있다.

'하회(河回)'라는 이름은 마을 주위를 감싸고 흐르는 낙동강의 모습이 '회(回)' 자와 비슷하다고 하여 붙여졌다. 풍수지리학적인 관점에서 마을이 물 위에 떠 있는 연꽃의 형상과 같다 하여 길지(吉地)로 꼽는다고 한다. 그래서인지 역사책으로만 보았던 조선 시대 유명한 학자들의 서원과 고택이 많았다. 인근에 서애 류성룡을 기리는 병산서원과 겸암 류운룡을 추모하는 화천서원이 있었고 하회마을 안에 자리한 양진당은 풍산류씨의 대종가로 국가 보물로 지정되었다고 한다. 양진당은 여러 시대의 건축양식이 섞여 있는 것으로도 유명하다. 사랑채는 고려 건축양식이고 안채는 조선 건축양식이라고 한다. 또한 충효당은 류성룡 선생의 종택으로 보물로 지정되어 있다. 그리고 임진왜란의 전후 사정을 기록한 징비록을 썼던 역사의 현장으로 유명한 옥연정사를 돌아보는 것도 좋다. 현재 하회 마을에는 100여 채의 전통 한옥이 있는데 그 가운데 12채가 보물 및 중요민속자료로 등록되어 있다고 한다.

마을 왼쪽으로 초가집이 많았고 안쪽으로 들어갈수록 기와집이 보였다. 마을 곳곳에 카페나 음식점을 운영하는 가옥이 많아 잠시 머물러 옛 정취를 느낄 수 있었다. 집집마다 마당에는 목백일홍과 복숭아나무, 맨드라미, 채송화, 봉숭아 등을 심어 놓아 곳곳에서 아기자기한 꽃밭을 볼 수 있었다.

1999년 영국 여왕 엘리자베스 2세와 그의 남편 필립공이 하회마을을 다녀갔다. 어떻게 영국 여왕이 한국의 작은 마을까지 오게 된 걸까. 어쩌면 영국의 한 골동품 상점에 있던 '하회탈'을 보고 궁금증이 생겨 오게 된 건 아닐까. 그 이유는 알 수 없었지만 마을 사람들에게 자부심을 안겨준 일임은 분명했다.

마을 중간에는 수령이 600년이 넘는 삼신당 신목도 있었다. 거대한 느티나무 주위에는 긴 줄이 쳐져 있었는데 그곳에 소원을 적어 매달아 놓으면 이루어진다는 말이 있었다. 수없이 많은 소원지가 달려있었다. 그만큼 많은 사람이 이곳을 다녀갔다는 뜻이리라. 사람들의 사랑을 많이 받아서인지 신성한 느티나무의 잎은 유난히 푸르렀다.

이제 '하회별신굿탈놀이'를 보기 위해 공연장으로 향했다. 공연장은 내외국인으로 만석이었다. 공연 시작 전 모니터를 통해 하회탈에 얽힌 전설을 보여주었다. 허 씨들이 마을에 들어와 터를 잡고 살 때에 원인을 알 수 없는 우환이 계속되자 허 도령의 꿈에 산신령이 나타나 "마을에 퍼지고 있는 재앙은 마을을 지켜주는 신의 노여움 때문이다."라고 말했다. 산신령은 탈을 만들어 탈춤을 추고 신의 노여움을 풀라고 했다. 그러나 탈을 만드는 것을 아무도 모르게 해야 하며, 만일 누군가 엿보거나 알게 되면 부정을 타서 허 도령은 그 자리에서 피를 토하고 죽게 된다고 했다. 하지만 도령을 사랑한 여인이 일이 끝날 때까지 기다리지 못하고 몰래 엿보았다. 허 도령은 부정을 타서 그 자리에서 죽게 된다. 그래서 '이매' 탈은 턱이 없다고 한다. 탈을 만드는 일이 신과 소통하는 일인가 보았다.

하회별신굿탈놀이에는 양반, 각시, 선비, 부네, 백정, 중, 이매, 할미, 초랭이, 주지(암, 수), 소가 등장했다. 이매는 하회별신굿 놀이에서 보통 사람보다 행동과 생각이 느린 역할이다. 중은 예쁜 처자인 부네를 보고 반해 파계승이 된다.

양반탈은 위로 향하면 웃는 얼굴, 밑으로 향하면 성난 얼굴로 표정 변화가 일어나도록 돼 있다. 아무리 양반탈이 웃는 얼굴이라고 해도 처음에 봤을 때 좀 무서운 느낌이 들었던 데에는 이유가 있었다. 각시탈은 한쪽 눈이 가늘다. 이는 각시광대가 얼굴을 살짝 돌리면 상대에게 눈을 흘기는 교태(윙크)가 되도록 했기 때문이다.

한국 다른 지역의 가면은 바가지나 종이로 만들어 탈놀이 후 태워버리는 풍습이 있는데 비해 하회탈은 오리나무로 정교한 색을 내어 잘 보관하였다가 다시 썼다고 한다. 그래서 지금까지 전해진 것이다.

표정이 고정된 탈을 쓰고도 다양한 감정의 변화를 전달하는 면이 흥미로웠다. 양반, 선비, 초랭이, 이매의 능청스러운 연기와 입담이 웃음을 자아냈다. 중은 풍채가 좋고 장군처럼 위엄이 있었다. 부네와 할미 역할을 맡은 분은 남자였는데 여자처럼 몸짓이 나긋나긋했다.

안동 하회마을은 볼거리와 이야깃거리가 많았다. 골목마다 정취가 느껴지고 먹거리도 풍성해 젊은 커플들도 많이 방문하는 곳이었다. 안동 찜닭과 안동 고등어구이를 본고장에서 맛보는 즐거움을 누릴 수 있었다.

오랜 전통을 지키며 사는 마을 사람들의 굳은 심지가 시대의 변화에 뒤척이는 마음을 잡아주는 것 같다. 생소하고 낯선 문물이 모두 별것 아니라는 듯 하회탈의 웃음이 태연하다.

안동 하회마을 입구

안동 하회마을 삼신당

8 아랑의 슬픔이, 밀양 밀양강

밀양강과 영남루

밀양강을 따라 걷다가

신이 난 아이들을 만났다

산도 좋고 물도 좋고

꽃도 많은 밀양이 멋지단다

정이 담뿍 담긴 밝은 목소리

영남루에 걸린 붓글씨를 깨운다

갈색 나무에서 몸을 일으켜

밀양강으로 뛰어든 밀양의 용

강물 위에 뜬 은빛 비늘이 유유히 반짝인다

소나무 숲으로 날아가

짙푸른 산이 되고

황톳길이 되고

종달새 날갯짓이 신호였을까

하이얀 이빨 드러내고 웃음 짓는

뭉게구름 꺼내 놓고

영남루로 돌아간다

"억울하옵니다. 사아또, 사아~또."

어린 시절 여름밤이면 TV 프로그램 '전설의 고향'에서 들었던 귀신 목소리가 생각났다. 몇 년이 지나도 그 흐느끼는 목소리는 잊히지 않고 때때로 나를 오싹하게 만들었다. 그중에서도 가장 무서운 이야기를 꼽으라면 '아랑의 전설'이다. 새로 사또가 부임할 때마다 첫날밤 숨을 끊어 놓는 처녀 귀신도 무서웠지만 아무 죄도 없는 처녀를 모함에 빠트려 죽음으로 몰고 간 유모와 관노의 사악함도 섬뜩했다. 두 사람은 한마디로 귀신보다도 무서운 사람들이었다.

아랑 이야기의 전말은 이렇다. 외모가 뛰어난 밀양 부사의 외동딸 윤동욱은 유모의 꾐에 빠져 영남루로 달구경을 갔다. 그때 관청 잔심부름꾼이 그녀를 겁탈하려 했고 정절을 지키려다 그만 영남루 아래로 떨어져 죽게 된다. 이후 밀양에 부임하는 부사마다 첫날밤에 죽는 일이 생겼다. 그러던 와중에 담력이 센 신임 사또 이상사는 아랑의 원혼에게서 억울한 사연을 듣게 된다. 아랑은 사또에게 관아에 있는 모든 사람을 마당으로 모이게 해달라고 청했다. 그러면 자신을 죽인 사람이 누군지 알려주겠다고 했다. 다음 날 관아 마당에 사람들이 모여 앉았다. 그러자 어디선가 노란 나비 한 마리가 날아와 잔심부름꾼의 어깨 위에 앉았다. 사또는 그 사내를 취조해 범행 사실을 밝혀냈다. 유모와 사내를 처벌하자 원혼이 다시는 나타나지 않았다고 한다. 용감하고 현명한 사또가 있었기에 아랑은 자신의 억울함을 밝혀낼 수 있었다.

밀양에는 '아랑의 전설'이 유명하지만 요즘은 밀양 하면 영화 〈밀양〉이 더 생각난다. 최고의 배우인 전도연, 송강호가 열연을 했고 해외에서 큰 상을 받았다. 영화 속 장면을 떠올리며 가보고 싶은 곳이 되었다. 마침 밀양아리랑 축제가 시작된다고 하여 집을 나섰다.

밀양역에 도착하니 행사를 돕는 사람들이 많이 나와 있었다. 축제 홍보 책자와 생수도 나누어 주셨는데 다른 지역보다 더 활기 있다는 느낌을 받았다. 밀양의 첫인상은 "날 좀 보소, 날 좀 보소~"로 시작되는 밀양아리랑처럼 흥겨웠다.

역에서 영남루가 있는 밀양 강변까지 셔틀이 운영되고 있었다. 밀양 시내를 지나가는데 영화 〈밀양〉이 떠올랐다. 나름 평범할 수 있었지만 비극으로 치닫는 삶, 고통으로 몸부림치는 전도연 곁을 우직하게 지켜주던 송강호의 모습이 거리를 서성이는 듯했다. 이야기의 힘이란 이런 것일까.

버스에서 영화에 대한 생각을 하고 얼마 지나지 않아 밀양강변에 도착했다. 막 점심 장사를 시작한 먹거리 부스에서 식사를 하고 축제장을 돌아보았다. 저녁에는 축하공연이 있는지 사람들이 무대에서 연습을 하고 있었다. 다른 곳보다 다양한 음악 공연이 많을 거라는 기대가 생겼다. 우리나라 3대 아리랑 중의 하나인 밀양아리랑의 고장이니 말이다. 정선아리랑과 진도아리랑 등을 포함하여 아리랑은 유네스코 인류무형문화유산에 등재되어 있다.

5월이지만 한낮은 무척 더웠다. 더위도 피하고 밀양강의 향취도 느낄 겸 영남루로 향했다. 이곳은 평양 부벽루, 진주 촉석루와 더불어 조선 3

대 누각이다. 많은 방문객이 휴식하고 있었다. 강바람이 불어와 에어컨을 켜 놓은 듯 시원했다.

누각에 오르니 큼지막한 붓글씨가 걸린 현판이 눈에 들어왔다. 어린아이의 솜씨라고 믿기 힘들 만큼 묵직한 필체였다. 용이 날아오르는 것 같았다. 팔각 누각의 처마는 날렵하게 휘어져 올라가 있고 색이 바랜 기둥과 낡은 마루가 시간의 온기를 품고 있었다. 영남루에 앉아 고요히 흐르는 밀양강을 바라보았다. 마음속에 얽혀 있던 실타래 같은 근심이 스르륵 풀어졌다. 옛 정취에 취해 '이대로 좋다'는 마음이 들었다.

저녁 시간이 다 되어가자 공연을 보기 위해 많은 사람들이 몰렸다. 특히 학생들이 많았다. 잠깐 옆자리의 학생과 대화를 나눠보았는데 밀양에 대한 자긍심이 대단해 깜짝 놀랐다. 자신들은 중학생이라며 계속해서 자신의 꿈과 학교생활을 들려줬다. 낯선 방문객에게도 친절한 학생들의 활기가 내게도 전해져 기분 좋았다.

다음으로 특산품 코너에 들어갔다. 구경도 하고 맛도 보고 이벤트도 참여했다. 밖으로 나와 천막에 놓인 의자에서 쉬고 있는데 행사를 돕는 아저씨 한 분이 말을 걸었다. 본인은 서울에서 직장 생활하다가 이제 고향에서 작게 인쇄업을 하고 있다고 했다. 지역에서 축제가 있으면 나와서 일을 돕는다고 했다. 이곳의 활기는 화려함이 아닌 다정함이 묻어났다. 사람을 경계하기보다는 솔직하고 꾸밈없이 대했다. 밀양에서 푸근

함을 한껏 안고 돌아온 하루였다.

밀양강 영남루

9 흐름을 머금고, 철원 직탕폭포

철원 직탕폭포

한탄강이 흘러간다

나고 자란 곳을 떠나

자갈과 모래와 함께

뒹굴며

바위에 부딪혀

먼바다로 가는 길에

몸을 맡긴다

태초부터 만들어진 물길과

문명이 닦아 놓은

층층의 계단을 지나

메마름의 풍경을 넘어

다시 못 올 길의 사랑을 안고

먼바다로 향한다

　겨울 추위도 조금씩 아쉬워지는 2월, 한탄강으로 향했다. 한탄강(漢灘江)은 은하수 한(漢) 자에 여울 탄(灘) 자를 쓴다. 이름의 의미를 풀어보면 은하수같이 넓고 깊으며 아름답다는 의미와 강의 곡선이 많아 물보라를 일으키며 굽이쳐 흐르는 여울이 많다는 의미이다.

　날이 밝기 전 출발하여 한탄강 직탕폭포에 도착했다. 시원한 폭포 소리가 들리는 가운데 흰뺨검둥오리 한 쌍이 놀고 있었다. 안양천에서 보던 오리들과는 다르게 뺨도 희고 깃털도 윤이 흘렀다. 아마도 청정지역의 어류를 먹고 살아서 그런 것 같다. 청둥오리와 기러기들도 주변에서 볼 수 있었다.

한탄강의 직탕폭포가 주상절리에 의해 단차가 진 이유는 화산 폭발과 관련이 있다. 인류가 지구상에 출현한 신생대 제4기는 빙하기와 간빙기가 반복되던 시기였다. 그때 강원도 철원에 화산이 폭발하여 용암이 계곡을 메우고 용암대지가 넓게 형성되었다. 이후 용암이 식어 평평한 현무암 지형이 되었고 그 사이로 강물이 흐르면서 현무암 지형이 깎여 협곡이 형성되었다. 이렇게 형성된 지형을 주상절리라 한다. 대표적으로 한탄강 협곡이 있다.

철원군 동송읍에 위치한 직탕폭포는 한탄강을 가로지르며 넓게 펼쳐져 있다. 언뜻 보기에는 유속을 조절하기 위해 설치한 보처럼 보인다. 하지만 하천 안으로 걸어가면 폭포의 벽면인 현무암을 확인할 수 있다. 수량이 적은 곳에서 자연적으로 형성된 절리임을 알 수 있다.

비무장지대에 접하고 있는 철원지역은 생태계가 잘 보전되어 있는 곳이다. 여름철에는 한탄강 트레킹도 유명하다. 강변 옆으로 얼음이 얼어 있는 곳도 많았다. 시원한 폭포는 여름 명소인 줄 알았는데 겨울에 보는 폭포도 좋았다.

수량이 적어 강 안쪽으로 걸어 들어가 조약돌을 밟고 걸어 다닐 수도 있었다. 움츠러든 마음이 활짝 펴지는 듯했고 답답한 속이 뻥 뚫렸다. 폭포 앞으로 가까이 가서 풍경에 취해 한참을 거닐었다. 햇볕은 토닥이듯 등을 따뜻하게 데웠다.

얼마 떨어지지 않은 곳에는 27만 년 전 만들어졌다는 현무암 다리도 있었다. 울퉁불퉁한 다리를 조심히 건너며 한탄강 수면을 바라보았다. 부드러운 소리를 내며 흐르는 강물을 보며 태고부터 시작된 아름다운 순환을 느꼈다. 씩씩하게 앞을 향하는 물소리가 걸음을 재촉하고 있었다.

10 파도를 타고 반구대로, 울산 대곡천

반구대 암각화

수심을 알 수 없는 검은 바다

수평선이 가슴에 손을 댄다

너 없이 살 수 있을까

그리움이 번져 나오는 동심원

갈증처럼 새어 나오는 숨소리
검은 물결 위로 치솟는 물 폭풍

세상 끝에 있었던 너를 만나는 일
빛의 굴곡이 실핏줄을 터트린다

반구대 물수리 날아오르고
소리의 불웅이 바다를 물들이면

길이 없는 영원 같은 붉은 행성
오래전 던져놓은 그물을 끌어당긴다.

  마음속 풍경을 바꾸고 싶을 때 종종 기차를 탄다. 어떤 풍경으로 바뀔
지 예측할 수는 없지만 돌아올 때는 언제나 내 마음속에 다른 그림이 걸
려있다.

  울산으로 가는 길이다. 울산 방어진은 외가가 있던 곳이다. 어린 시절
자주 왔던 고장이지만 반구대 암각화를 보진 못했다. 선사시대 그림이
새겨진 반구대 암각화는 울산시 울주군에 있다. 인간이 문자를 사용하
기 이전에 그려진 그림은 어떤 것일까.

집을 나선 시간은 오전 7시, 동지가 지난 지 얼마 되지 않아 밖은 아직 어두웠다. SRT를 타고 울산(통도사)역에서 내렸다. 버스나 택시로 반구대 박물관으로 갈 수 있다. 박물관은 향유고래 모양으로 근사했다. 허먼 멜빌의 『모비딕』이 생각났다. 에이헵 선장이 나무로 된 한쪽 다리를 끌며 고래 사냥을 지휘하던 영화의 한 장면이 박물관 위로 그려졌다.

선사시대 울산의 선장님 모습은 어땠을까. 담배가 없는 시대이니 파이프는 입에 물지 않았을 테고, 대신 목에 소라로 된 나팔을 걸고 중요한 때 불지 않았을까. 부리부리한 눈동자와 굳게 다문 입술, 길고 푸석푸석한 머리카락에 호랑이 가죽 머리띠를 한 구석기인을 상상해 보았다.

만곡이 심한 대곡천 지형 중, 누워있는 거북이 모양의 지형을 '반구대'라고 부른다. 현재 반구대 절벽 밑으로 태화강의 지류인 대곡천이 흐르고 있다. 해설사는 반구대 주변이 예전에 바닷가였을지도 모른다고 말했다. 바다가 계곡으로 변하고 모래사장이 소나무 숲이 된 걸까. 신비로움에 주변을 다시 돌아보았다.

대곡리 암각화에는 향유고래뿐 아니라 거북이, 물개, 물새, 멧돼지, 사슴, 호랑이, 표범, 여우, 늑대 등이 새겨져 있었다. 당시 고래잡이 방법과 고래를 해체하는 모습까지 알 수 있었다. 벽화를 바라보고 있으니 사냥 전날의 모습이 그려졌다. 남성들은 고래잡이의 성공을 기원하며 모닥불 앞에서 진지한 눈빛으로 서로를 바라보았을 것이다. 사냥의 규칙과 위험을 선원들에게 얘기하는 선장의 단호한 목소리가 반구대에 울리는 듯했다.

　강변에는 아직도 모래가 많았다. 이곳이 바다였다면 어떤 모습일까. 모래사장 위로 아이를 돌보며 거북이나 물새의 알을 구했을 여인들이 발자국이 그려졌다. 작은 물고기를 나무판에 널어 말리는 여인들과 고기잡이 배를 손질하는 남성들의 모습도 떠올랐다.

　대곡천의 암각화에서 맨몸으로 물살과 부딪치며 커다란 고래와 맞섰던 선조들의 투지를 엿볼 수 있었다. 반구대 암각화는 대곡천을 지나며 두 곳에 위치해 있다. 바로 '천전리 암각화'와 '대곡리 암각화'다. 대곡리 암각화에는 선사 시대의 고래잡이와 사냥 모습이 있고 천전리 암각화에는 선사 시대와 청동기 시대의 기하학적인 문양과 신라 시대 새긴 그림과 글이 있다. 두 곳 모두 '국보'이다.

　대곡천을 따라가면 대곡댐과 사연댐이라는 두 개의 댐을 만난다. 식수원을 조절함은 물론 세계문화유산인 암각화가 물에 잠기지 않도록 수량을 조절하는 역할을 한다. 나의 두 눈이 반구대의 절경을 담기 바쁘다. 대곡천은 태화강으로 흐르는데 하천의 폭이 넓고, 구불구불하며 주변에 암벽이 많다. 가파른 절벽과 옥색으로 흐르는 하천, 따뜻한 겨울의 햇살까지 모두 암각화의 신비함과 고고함을 더했다. 커다란 공룡 발자국까지 만날 수 있었다.

　돌아오는 기차에서 창밖으로 보이는 강과 들판, 비닐하우스 위로 반구대 암각화의 그림들이 살포시 덮였다. 고래, 물개, 물새, 사슴과 거북이와 맷돼지를 찾으러 다니는 선사시대 선조들의 모습이 짙은 농도로 칠해져 마음속 액자에 담겼다.

대곡천

치유의 하루, 맑은 숨 쉬다

길 위에서 되찾은 상쾌한 숨

구름을 밀듯
우아하게 날아오른다

그런 황새가
내 머리 위에서
빙빙 돈다

왕관을 씌우듯
하늘 위에 그려진
행운의 암시

1 나무의
기억

영등포 선유도 공원에서

기다림은 생의 뿌리

땅속 깊이 묻어둔 그리움이

눈과 입이 되어

날 기억하느냐고 묻는다

〈제1회 영등포 디카시 공모전 수상작〉

　나무에 사람의 얼굴이 있다. 한여름 영등포 선유도 공원에서 만난 사
시나무의 부릅뜬 눈이 인상적이었다. 어쩌면 전생의 인연을 잊지 못해
서 나무로 다시 태어나 이렇게 눈과 입을 새기고 있는 건 아닐까.

　내가 어린 시절에는 주변에 아이를 잃어버린 사람들이 많았다. 놀이
공원이나 극장과 번화가에서 미아가 되었다는 말을 자주 들었다. 그만
큼 아이들을 찾아주는 체계가 부족했기 때문이다. 지금은 대체로 두 돌
전후로 해서 지문 등록을 하지만 그 시절에는 안전장치라고는 집 주소
와 전화번호를 외우게 하는 게 전부였다. 그래서 평생 부모를 잃어버리
고 외롭게 사는 사람들의 이야기를 자주 접했다. 나무를 보니 그런 경우
가 떠올랐다. 부모와 아이는 얼마나 서로를 그리워했을까. 죽어서 혼이
되어서라도 만나고 싶었을 것이다.

　나도 초등학교 입학 전 미아가 될 뻔한 적이 있다. 바로 선유도 공원 인
근에 있는 영등포에서 말이다. 어느 겨울날 어머니는 하루 종일 집에 있

는 내가 심심해 보였던지 같이 영등포시장에 가자고 했다. 나중에 들은 바로는 아버지 중장비에 필요한 부속품을 사러 가는 길이었다고 한다.

어머니는 토큰을 보여주셨다. 십 원짜리 동전처럼 생겨서 동그란 구멍이 뚫려있는 토큰을 만져보는 일도 재미있었다. 눈이 내렸던지 길가는 녹은 눈으로 질퍽했다. 버스를 타고 내리니 커다란 극장이 두 개나 마주 보고 있었다. 멋진 그림이 그려진 극장간판을 홀린 듯이 바라보았다. 또 인도에 놓인 연탄난로에는 하얀 가래떡과 쥐포, 군밤 같은 맛있는 먹거리가 냄새를 풍겼다. 나는 길거리 구경에 빠져 있다가 그만 어머니를 놓치고 말았다. 멋지게만 보이던 극장 간판 속 배우가 괴물처럼 으르렁거리며 나를 집어삼킬 것 같았다. 다행히 어머니는 목소리가 크셨는데 어디선가 내 이름을 부르는 소리가 들렸다. 얼마 후 어머니는 눈물 범벅인 나를 찾았다. 만약에 그대로 잃어버렸다면 나와 어머니도 부릅 뜬 눈으로 영등포에서 나무로 다시 태어났을지도 모른다.

가족뿐 아니라 사랑하는 사람도 마찬가지다. 인연이 닿지 않는 사람에 대한 그리움을 그저 간직하고 있다 보니 평생을 아쉬움으로 산다. 그런 아쉬움도 사랑이라면 사랑일까. 선유도 공원의 사시나무는 누군가를 그리워하다가 먼 곳으로 갔지만 나무로 다시 태어나 오랜 인연을 기다리는 모습 같았다. 그 나무가 이승까지 걸어 나와 나에게 말을 걸었다.

잘 지내나요? 날 기억하시나요?

2 가시의
연주

과천 서울대공원 식물원에서

치유의 하루, 맑은 숨 쉬다

단단한 껍질을 뚫고 나와도

여린 가시일 뿐

꽃도 아니고 잎도 아닌

날카롭기만 한 무엇이

사방으로 번지는 온기를 잡으며

금빛으로 환하게 빛난다

슬픔 뚫고 밖으로 나와도

여린 존재일 뿐

꽃도 아니고 잎도 아닌

영글지 못한 무엇이

나날이 채워지는 시간을 붙잡고

굳게 생명을 지킨다

    힘든 순간에는 아이가 태어나던 날을 자주 떠올렸다. 아이를 낳았을 때가 내가 보아온 중 친정어머니가 가장 기뻐한 순간이다. 새로운 생명을 주셔서 감사하다고 조용히 기도드리던 어머니의 목소리에는 축복이 가득했다.

    무사히 출산한 것도 기뻤지만 어머니와 나와 아이가 우주 속에서 연결된 느낌이었다. 작은 아기로 인해 우리 집은 행성이 되었고 매일매일 우주를 항해하는 기분이었다.

치료 중에도 나는 엄마였다. 사춘기인 아이와 아직 어린 초등학생 아이도 있었다. 식사도 챙겨야 하고 세탁기도 돌려야 했다. 치료받고 있어서 무척이나 감사했지만 이렇게 계속 주부의 역할을 하는 게 맞는 건지 확신이 서지 않았다. 아이들의 작은 우주는 끊임없이 세상을 헤엄치고 있었고 나는 그 우주에서 멀어지기 싫었다.

내가 아픈 건 이제 어쩔 수 없는 일이고 아이들까지 잘못되면 안 된다는 생각에 내 몸을 달래며 천천히 집안일을 했다. 빨래를 개다가도 잠깐 누워 있기도 하고 설거지를 하다가 주방 세제만 칠하고 헹굼은 나중에 하는 식이었다. 일상생활을 할 때도 해야 하는지 쉬어야 하는지 망설임이 많았다.

그런 고민을 하던 어느 겨울날 서울대공원 식물원에서 선인장을 보았다. 빛이 들어오는 시간에 찾아가서일까. 가시로 태어났지만 햇빛을 사랑하는 것처럼 보였다. 사랑하는 상대가 있어서 가시라는 멍에를 견디고 있는 듯했다.

선인장을 보니 아이들이 따뜻한 빛이 되어 가시투성이인 엄마의 삶도 감싸주는 느낌이 들었다. 회복되고 다시 건강을 찾아가는 나는 이제 누군가 나를 원망해도 화가 나지 않는다. 마음 끝자락이 환한 빛과 만나고 있다고 생각하기 때문이다.

3 황새처럼
날개를 펼치고

예산 황새 마을에서

날개를 펼치니

내가 타고 다녀도 될 만큼 크다

구름을 밀듯

우아하게 날아오른다

그런 황새가

내 머리 위에서

빙빙 돈다

왕관을 씌우듯
하늘 위에 그려진
행운의 암시

내 키만큼
땅 아래로 숙이고 있던
얼굴이 이제
고개를 든다

하늘을 보라고
먼 곳에서 날아오는
새들을 보라고

　새해를 맞아 나는 황새를 보기 위해 예산으로 향했다. 안양역에서 출
발하는 기차가 오전과 오후에 두세 번 있어 당일로 다녀오기 좋다. 한
시간 삼십여 분 후 예산역에 도착했다. 황새마을 입구에 도착하자 황새
모양의 대형 조형물이 시선을 사로잡았다. 포개진 날개가 하얀색 구름
모양으로 세워져 몸을 감싸고 있었다. 에펠탑처럼 삼각형의 철제 틀이

위로 차곡차곡 쌓이는 형상이고 강조하듯이 군데군데 삼각형의 판이 틀을 채우고 있었다. 타원형의 몸통과 가느다란 목, 곧게 뻗은 부리가 하늘을 향해 날아오를 듯한 멋진 작품이었다. 하늘은 파랗고 태양은 환하게 빛났다. 자연과 미술품의 조화로움을 보고 있자니 황새의 실물을 어서 보고 싶은 기대감이 더 커졌다.

황새 문화관 1층에는 황새의 생태에 대한 사진과 설명이 있었다. 또 다큐멘터리 상영관도 있었다. 암수가 만나 사랑을 하고 둥지를 짓고 새끼를 낳아 기르는 황새 가족의 영상이었다. 더운 여름날 아빠 황새가 날지 못하는 새끼 황새들에게 물을 먹이기 위해 풀잎을 물에 적셔 나르는 장면, 다섯 마리의 새끼 황새를 위해 쉼 없이 개구리나 미꾸라지를 잡아 먹이는 장면이 애틋했다.

방학으로 아이들의 삼시 세끼를 차려야 해서 힘들다고 생각했는데, 황새 부모의 노고에 비하면 명함도 못 내밀 일이었다. 이래서 자연을 가까이하고 배우라는 말이 있나 보다. 영상을 감상하고 나오니 마침 견학을 오신 어르신들이 계셔서 나도 일행이 되어 2층으로 함께 올라갔다. 해설사분의 설명을 듣고 있는데 먹이를 주는 시간이 되었다. 인근에서 방목되는 황새들이 날아오기 시작했다. 먹이를 먹으러 가는가 싶었는데 관람하는 우리 주위로 날아왔다. 모두가 환호하며 감탄사를 연발했다.

황새는 다리와 눈 주위, 턱 아래가 붉은색이고 부리와 날개의 끝부분은 검은색이다. 흰색의 깃털은 눈이 부실 정도로 하얗다. 쫙 펼쳐진 날개는 한복의 저고리처럼 곡선이 아름다웠다. 우아하고 시원스러운 날갯짓에 온통 마음을 빼앗겨 바라보았다. 머리 위에서 빙빙 돌며 날고 있는 황새가 '모두 건강하고 행복해라!'라는 말을 건네는 듯했다.

"황새가 왜 한 발로만 서 있는지 알아?" 누군가 큰 소리로 물어보셨다.

"두 발 다 들면 자빠지니께~" 다른 분이 대답하여 함께 크게 웃었다.

관람장의 한쪽 벽면에 황새에게 소원을 적어 걸어놓는 곳이 있었다.

나도 황새와 깨끗한 자연 그리고 어쩌다 듣게 된 농담까지 모두 오래도록 함께하자고 적었다.

4   얼음 도깨비,
   역고드름

연천 역고드름

연천군 신서면 대광리 작은 동굴은

겨울이면 지구 끝 남극보다 더

꽁꽁 얼어붙는다

질퍽하던 동굴이
오싹한 얼음 유령들로 가득 찬다

누군가의 마음에 그림자로 머물던 형상들이
처녀 귀신, 눈 없는 도깨비, 곰, 지네, 공주, 눈물, '너'까지
다 만들어 놓고
멀리 있는 네 마음도 꺼낸다.
몽달귀신, 이무기, 백마, 독수리, 왕자, 사랑, '내'가
크리스탈로 반짝인다

어두운 동굴에서 축축한 습기로만
남았을 물방울들이
질긴 땅을 밀고 나와
숨길 수 없는 우리 마음을
투명하게 조각한다

　베란다에 나가 보니 반가운 소식이 도착했다. 우리 집 베란다 창틀에
고드름이 달려있었다. 마치 까치가 집에 박 씨를 물고 찾아온 것 같았
다. 예전에 흔하게 볼 수 있었던 고드름이 이제 좀처럼 볼 수 없어서 그
렇다. 집이 얼음 왕국으로 변해 내가 그곳에 초대된 것처럼 들떴다. 고

드름은 어른도 동심으로 돌아가게 하는 묘한 매력이 있다.

우리나라에 특이한 고드름이 연천에 있어 길을 나섰다. 지탄천은 철원과 연천 사이를 흐르며 옛 기찻길 옆을 지나고 있었다. 검은색 전돌을 성곽처럼 올린 교각이 세월의 흔적을 느끼게 했다. 교각 위에 올려진 철길은 폭이 매우 좁고 높아 아슬아슬해 보였다.

사용하지 않는 철길을 보존하는 이유는 역사적 가치와 경원선이 다시 이어져 운행되길 바라는 염원도 담긴 듯했다. 교각도 철도도 안쓰러웠다. 잠시 머지않은 미래에 옛 철길 옆으로 KTX 고속 철길이 생기는 상상을 해보았다.

일제강점기 일본은 1910년 10월부터 1914년 8월까지 223km에 달하는 경원선 철도 공사를 했다. 공사는 일본이 패망하면서 중단됐다. 용산에서 철원을 거쳐 원산까지 이르는 철도는 현재는 국토 분단으로 용산에서 백마고지까지만 운행되고 있다.

옛 철길을 지나 대광리 쪽으로 차로 십 분 정도 들어가면 연천 폐터널이 있다. 이곳에 '역고드름'이 자란다. 터널 깊이는 100m 정도이고 넓이는 10m이다. 6·25 때 북한군이 탄약 저장고로 사용했으나 미군의 폭격으로 동굴 천장에 균열이 생겼다고 한다. 벌어진 틈새로 물이 새어들어 하절기엔 물이 떨어지고 동절기엔 역고드름이 형성되어 다양하고 특이한 얼음 형상을 남기고 있다.

동굴 입구에 도착하니, 막대 사탕 같기도 하고 마술봉 같기도 한 고드름이 위에서 아래로만 길어지는 게 아니라 밑에서 위로 오르며 커지고 있었다. 마치 상어가 입을 벌린 것처럼 으스스한 기분을 자아낸다. 역고드름이 생기는 이유는 지상에 비해 상대적으로 따뜻한 지하의 온도에 의해 삼투압 현상이 생긴 것이 원인이다. 따뜻한 지하의 열분자들이 지상으로 빨려 들어가고 다시 얼면서 종유석 같은 모양으로 성장을 하는데 그 위에 다시 천장에서 물이 떨어지면서 얼어붙어서 지금의 역고드름이 만들어졌다고 한다.

작은 버섯처럼 올라오는 고드름은 자꾸 성장하여 위로 올라오다가 천장에서 내려오는 고드름과 만나 다시 얼어 마치 폭포가 그대로 정지한 것처럼 기괴했다. 지하수가 얼어 있어서인지 얼음은 깨끗하고 투명하게 빛났다.

항상 고드름은 위에서 내려온다고 생각했는데 아래에서 올라오는 고드름이 더 멋졌다. 갑자기 길을 잃은 것 같은 내 인생도 이렇게 멋지게 방향을 바꾸고 있는지도 모른다고 생각하니 연천 역고드름이 더 사랑스러웠다.

이런 동굴이 철원지역과 비무장지대에 많다고 한다. 예전에는 항상 전쟁에 대비하면서 살았으니 그런 것 같다. 내가 초등학교 다닐 때만 해도 전쟁이 언제 날지 모른다고 생각했다. 평생을 긴장하고 무서운 생각을 하고 살아야 했을 우리 부모님 세대가 안타깝다. 그런 생각을 하니 평화가 주는 의미가 더 커졌다.

5 뚜벅이
보릿고개

5월 고창 청보리밭

푸르름이 바람에 흔들립니다

까스락까스락 제법 수염 난 어른처럼 소리를 냅니다

얼음조각이 발등을 찍었던 일이 생각났을까요

언 땅에 머리를 쥐어박히던 일이 떠올랐을까요

땅 밑에서 흔적 없이 사라질까 봐

햇살 가득한 어느 날 작은 열매라도 맺고 싶데요

아직 파란 청춘일 때 실컷 울고

머리 허옇게 세면 까스락 웃기만 할 거래요

　정읍역으로 가야 할 시간이다. 고창 청보리 축제장에서 오후 5시 15분 차를 타기 위해 서둘러 버스정류장으로 향했다. 혹시라도 다른 길로 들어서지 않도록 계속 핸드폰으로 지도를 켜놓고 걸었다. 빨리 걸으면서도 드넓은 청보리밭과 하늘거리는 노란 유채꽃을 한 번이라도 눈에 더 담으려고 여러 번 돌아보았다.

　몇 해 전부터 고창에 오고 싶었다. 인터넷으로 본 영상에는 알알이 곡식이 맺힌 청보리 이삭이 시원스럽게 흔들리고 있었다. 청보리일 때도 멋졌지만 노랗게 익었을 때도 좋았다. 땀 흘린 농부의 정직한 삶을 보는 듯했다.

　그렇게 청보리에 이끌려 고창에 왔는데 유채꽃밭이 한창이어서 보너스를 받은 것 같았다. 이곳이 얼마 전 방영한 드라마 〈폭삭 속았수다〉의 명장면을 찍은 곳이라고 했다. 떠나기가 아쉬웠지만 버스를 놓치면 곤란했다. 하루 여행을 하며 나름대로 세운 원칙은 한 번에 다 보지 말고 조금씩 여러 번 보자는 거다. 내년도 있으니 우선 집으로 발길을 돌렸다.

　초행길이라 버스를 놓칠까 봐 밥도 서둘러 먹고 커피도 서둘러 마셨다. 커피는 포장해서 걸어 나오면서 마셔도 좋았겠다고 생각하며 정류장 의자에 앉았다. 정류장 밖에는 연인으로 보이는 남녀가 서 있었고 부스 안에는 밝은 등산복 차림의 한 여성이 앉아 있었다. 버스 시간을 살펴보고 아직 십여 분이 남아있어 안심했다. 한 번 더 확인하기 위해 혼자 있는 여성에게 말을 걸었다.

"정읍역으로 가는 버스는 5시 15분 차가 맞죠?"

"네, 제가 고창군에 전화해 봤어요. 저는 3시부터 기다렸는데 3시 25분 차가 오지 않아 군청에 문의했어요."

그녀는 다소 격양된 목소리로 말했는데 내용은 바로 이전 차가 오지 않았다는 것이다. 그래서 축제홍보물에 적혀 있는 버스 시간은 제대로 나와 있어야 하는 거 아니냐고 군청 직원에게 따졌다고 했다. 지역에서 축제를 하면 다른 지자체에서는 차량 지원을 하는 곳도 많다. 내 생각에도 협조가 좀 부족한 듯했다.

그녀는 나처럼 뚜벅이 여행을 하는 사람이었고 이곳을 보고 다른 곳으로 이동하려고 했는데 버스가 오지 않았던 모양이다. 그녀는 맛있는 보리 비빔밥도 못 먹었단다.

나는 두 시간도 넘게 버스를 기다린 그녀가 측은해서 아이들에게 주려고 샀던 기념품인 수박 빵 하나를 건넸다. 그녀는 받아만 두고 집에 가서 먹겠다며 가방에 넣었다. 그러면서 뚜벅이 여행을 하는 인터넷 동호인 밴드에 가입되어 있다고 했다. 거기에서 교통과 날씨 정보를 얻고 주로 남도 지역을 돌아다닌다고 했다.

나이가 나보다 조금 위로 보이는 그녀에게 나는 다음에 이 근처에 오게 되면 같이 다니는 게 어떠냐고 제안했다. 그러자 그녀는 대뜸 이렇게 말했다.

"나는 얼마 못 살아요. 이제 요양원으로 가야 해요."

그녀의 얼굴을 자세히 바라보았다. 갸름한 달걀형 얼굴에 하얀 피부, 굵은 검은색 머리를 하나로 묶고 있었다.

어디가 아프냐고 차마 묻지 못하고 나는 말했다.

"그런 게 어디 있어요. 인명은 재천이라고, 얼마나 살지는 아무도 몰라요."

그러나 그녀는 요양원 밖으로 나오는 날이 별로 없다고 했다. 이렇게 컨디션이 좋은 날은 한 번씩 나와서 주로 옛 유적지를 보러 다닌다고 했다. 대학원에서 고고학을 전공했고 여전히 재미있다고 했다.

얼마나 아픈지 모르지만 우울한 생각은 버리고 그냥 다니라고 말했다. 혹시 고대 신비의 약초나 완쾌되는 주문을 발견하게 될지도 모르니 말이다. 우린 마주 보며 웃었다.

다시 내려오게 되면 연락하겠다고 말하니 그녀는 대답하지 않았다. 나는 더 이상 귀찮게 하지 않기로 했다. 때론 버스가 오지 않아 화나기도 하고 밥을 못 먹어 배가 고파도 그녀가 자주 밖에 나와 즐겼으면 하는 생각이었다. 작은 소동을 겪으며 질병에 대한 걱정도 잊어버리고 그렇게 지내다 보면 정말로 잊힌 이야기가 될지도 모른다.

우린 버스에서 계속 얘기를 나눴다. 그러나 터미널에 도착하자마자 그녀는 급히 사라졌다. 아마도 더 친해졌다가 슬픈 소식을 전할까 봐 깊은 관계를 맺지 않는 것이리라 짐작되었다.

하지만 나는 왠지 그녀를 내년 청보리 축제장에서 다시 만날 수 있을 것 같다. 죽음은 그렇게 쉽게 찾아오지 않는다고 생각한다. 더군다나 뚜벅이로 걸어 다니며 군청 직원과 말씨름까지 할 정도면 말이다.

그녀가 20년, 30년 후에는 훌륭한 고고학자가 되어 선사시대 유물인 동굴을 찾아내고 고대의 약초도 발견하는 상상을 해보았다.

"이 식물은 기원전 4천 년경 선사시대 사람들이 '신의 손길'이라고 부르던 것으로 열매를 말려서 달여 마시면 염증을 개선하고 통증이 사라졌다고 합니다. 그리고 상처가 난 부위에 가루로 바르면 새살이 돋아나 명약으로 불리던 것입니다."

나는 미래에 그녀를 인터뷰하는 기대를 해보았다. 죽음은 삶과 늘 함께 있는 것, 우린 경계하고 조심하며 살아갈 뿐이다. 돌아가는 기차 안에서도 청보리의 까락이 서로 몸을 비비며 이리저리 움직이던 모습이 눈에 아른거렸다. 아프리칸 쉐이커 연주처럼 건조한 리듬이 마음속에서 반복되었다. 그 리듬을 따라 나도 보릿고개를 뚜벅뚜벅 넘고 있다.

6 간월도의 구름 한 필

서산 간월도

바닷물이 빠진 자리

빼꼼히 고개 내민 낮달 위에 앉은 간월암이

구름 한 필 둘둘 말아 당긴다

지나가는 걸음걸이만 봐도

주저앉아 호미질하는 손놀림만 봐도

열어둔 항아리 뚜껑 모양새만 봐도

그 마음이 다 짐작되지만

행동까지는 간월암도 막지는 못한다

소 키우고 닭 키우는 일

벼 심고 감자 심는 일

돈이 안 된다고 해도

오늘도 고장난 펌프를

경운기에 싣고 읍내로 향하는 광천리 김 씨

누가 궁금해하지도 않지만

이만한 세월이면

그 속을 헤아릴 수도 있는 것이다

하늘처럼 구름이 지나가게 살고 싶은 것 아니겠냐고

김 씨도 우주니까 소와 돼지도

감자 그리고 벼와 깻잎도

김 씨 별에서 사랑처럼 머무는 모습이 좋아

한여름 더위와 다가오는 농협 이자 날짜로

열기 오른 벌게진 얼굴 닦으라고

간월암은 달 끝에 앉아

구름 한 장 내미는 것이다

달을 보는 섬이 있다. 충남 서산시 간월도의 뜻풀이다. 달은 지구 위에 항상 떠 있어 어디서나 볼 수 있는데 '달을 보는 섬'이라 부르는 이유는 뭘까.

9월 초, 오후 2시에 간월도에 도착하니 간조 시간이었다. 이곳은 하루 두 번 해안선에서 30m 정도 모래톱이 열린다. 출발 전 바다 타임 웹사이트에서 물때를 확인하고 갔다.

바닷물이 빠진 자리에서 아주머니들이 삼삼오오 모여 앉아 바지락을 캐고 있었다. 갯벌의 자갈을 긁는 바스락바스락 호미질 소리에 바지락이 대답하는 듯했다.

"네~, 바지락 올라갑니다."

금세 제법 많은 바지락을 캐서 담아가셨다.

간월암 앞 해안은 바닥에 자갈이 많이 섞여 있어 뻘처럼 발이 빠지지 않았다. 운동화를 신고도 해안선까지 걸어가 볼 수 있었다. 짭조름한 바다 내음이 풍겨오고 태양은 바다를 끌어당기듯 비스듬히 비추기 시작했다.

서산시 부석면 간월도리에 위치한 이 암자는 오래전 '피안사'라 부르기도 했고 물 위에 떠 있는 연꽃, 배와 비슷하다고 하여 '연화대'라 일컫기도 했다.

조선 시대 무학대사가 이곳에서 수도하던 중 달을 보고 홀연히 도를 깨우쳤다고 하여 암자 이름을 간월암이라 하고, 섬 이름도 간월도라 하였다. 이후 조선의 억불정책으로 간월암이 폐사되었던 것을 1941년 만공선사가 다시 세웠다. 만공선사가 이곳에서 독립을 기원하는 천일기도를 드렸다고 한다.

모래톱에서 바라본 간월암의 모습은 크고 화려한 한 척의 조선 시대 배처럼 보였다. 해안가에 잠깐 정박한 배가 항로를 정하는 듯했다. 간월암의 입구인 일주문은 소박한 이웃집의 대문처럼 자그마했다. 안으로 들어서자 철퍼덕 앉아 있던 동자승의 형상이 누군가 주고 간 용돈의 활용처를 생각하느라 신이 난 듯 웃고 있었다. 오른쪽으로 돌면 기도를 올리는 관음전이 있고 마당에는 석탑 대신 무학대사가 짚고 다니던 지팡이가 살아나 싹을 피웠다는 사철나무가 있었다. 약 250년 된 나무는 해풍을 맞아서인지 사찰처럼 아기자기했다.

바다가 되기도 하고 육지가 되기도 하는 세상의 변덕을 수백 년째 마주하고 있는 간월암은 태평하고 고요했다. 어쩌면 이곳에서 무학대사는 달의 숨결을 느낀 것은 아닐까. 바다를 움직이던 달이 이곳에 손을 뻗어 하루에 두 번 쓰다듬어 주고 다독이는 것 같다.

어느새 이곳을 찾는 사람들의 아픔을 먼바다로 가져가고 반짝거리는 윤슬의 아름다움을 대신 담으라며 파도가 밀려오기 시작했다. 우리의 하루가 지루하고 반복되는 듯 보이지만 무사히 시작되고 편안히 마무리 되는 일이 얼마나 커다란 성공인지 육지와 바다 사이를 오가며 떠올리 게 되었다.

사철나무가 있는 마당에서 계단을 내려가면 사람들의 소원이 적힌 작은 연등이 바닷바람에 펄럭였다. 잔잔한 파도가 간월도 암벽과 부딪쳤다. 한 장 한 장 소원지는 넘어가고 푸른 바다 끝으로 갈매기는 날아갔다. 떠날 무렵에는 다시 물이 들어왔다. 육지가 다시 섬이 되는 시간, 간월도와의 짧은 만남은 긴 여운을 남겼다.

7 순천만
황금 갈대숲

순천만 황금 갈대숲

햇볕을 담뿍 받아도

나무 하나 없는 곳엔

외로움이 가시지 않는다

언제든 베어지고

쓰러질 가느다란 몸

아무리 물을 먹고

양분을 받아도

불쏘시개도 되지 못한다

그 옆에 갈대 하나 더 있다는 사실이

얼마나 감사한지

그러니 살아다오

누런 눈꼽 서로 떼어주며

흐르는 콧물 닦아주며

함께 가을이 되어다오

    순천 갈대군락지는 해룡천과 동천 하류에서 순천만까지 이어져 있다. 매년 10월이면 이곳에서 갈대 축제가 열린다. 70만 평에 이르는 국내 최대 규모의 갈대밭이 바람 따라 흔들렸다. 갈대 끝에 맺힌 솜털 같은 하얀 씨앗이 햇볕에 반짝이는 모습을 보니 이상하게 코끝이 찡해졌다.

    갈대가 운다고 말하지, 갈대가 웃는다고 얘기하는 사람은 없다. 갈대가 흔들리는 것을 보면 다들 외로움과 고독에 대해 생각한다. 나는 갈대를 보며 쓸쓸함을 넘어 으스스하다고 생각했었다. 그런데 순천만에 와서 갈대에 대한 인상이 바뀌었다. 자줏빛이 도는 갈대가 부드럽게 몸을 흔들고 있었는데 마치 인생의 파도를 넘는 듯도 했고 즐거운 어깨춤을 추는 듯도 했다.

남해가 지척이라 공기도 맑았다. 호젓한 순천만의 갈대밭에서는 처음에는 태양을 가득 담은 건초 냄새가 났다. 시간이 지나자 끓여 놓은 누룽지 냄새와 잘 말려진 이불 냄새가 나기도 했다.

긴 탐방로를 거닐며 마주한 풍요로운 황금빛 갈대에서 간간이 은빛 물결이 이는 단조로운 변화가 풍경소리처럼 느껴졌다. 무엇을 느낄 필요도 깨달을 필요도 없는 비움이라는 단어가 스쳤다.

마음을 비우면 얼마나 편한지 모른다. 하지만 쉽게 비워내지 못하는 이유는 비움이 추락이 될지도 모르기 때문이다. 비움과 추락은 어떻게 다를까. 내가 욕심을 내려놓으면 비움이고 욕심을 끌어안고 있으면 추락이다. 왜냐하면 욕심은 많이 무겁기 때문이다. 갈대는 모든 걸 비워낸 듯 쓸쓸하지만 평온해 보였다.

이곳에는 나무도 없이 갈대가 넓게 퍼져있을 뿐이지만 국제적인 보호종인 흑두루미와 검은머리물떼새가 찾아온다. 또 짱뚱어나 붉은발말똥게, 대추귀고둥 등 다양한 해양 보호 생물이 서식하고 있다고 한다. 비움이 생명을 채우는 그릇이라는 생각이 들었다. 높은 하늘 위로 철새들이 V자로 줄을 맞추며 허공에 길을 내고 있었다.

치유의 하루, 맑은 숨 쉬다

8 낭만 가득한
여수 밤바다*

크루즈에서 바라본 거북선 대교

* 이 글은 <오마이뉴스>를 통해 제보된 내용입니다.

검은 여수 바다

돌산대교에 형형색색의 불이 켜지면

빛으로 그린 그림

물결 따라 흘러내린다

설렘이 출렁이고

사랑에 다다른 꿈은

희망의 폭죽을 쏜다

나의 항로는

무지개 펼쳐진 보물섬

아늑한 섬에 정박했다가

가끔씩 모험을 떠나는 것

바다가 내어 주는 무수한 길

구름처럼 자유롭게

떠다니는 일

　갑자기 여수 여행을 가게 됐다. 지인이 여수로 여행을 가기로 했는데 사정이 생겨 못 가게 되자 대신 가겠냐고 물었다. 아이가 방학이고 특별한 일정이 없어 티켓을 받았다. 휴가철이라 차가 많이 막힐 줄 알았는데 기록적인 폭염이 한 차례 지나가서인지 고속도로는 평소와 별반 다르지 않았다.

2년 전 가을에 아이와 여수에 처음 왔었다. 당시 낮에 아쿠아리움 등을 관람하고 밤에는 피곤해서 일찍 잠이 들었다. 그래서 여수의 밤 풍경을 잘 알지 못했다. 이번에는 여수의 일몰과 밤바다를 즐길 계획을 세웠다. 요트를 타고 먼바다까지 나가보고 싶었지만 미리 한 달 전에 예약해야 된다고 했다. 차선책으로 크루즈 탑승을 선택했다.

여수에 도착한 후 숙소에 들어가기 전 돌산읍 안에 있는 식당에서 점심을 먹었다. 해산물은 싱싱하고 쫄깃했다. 밑반찬으로 돌산 돌게장이 나왔는데 껍질이 딱딱해서 가위로 다리를 잘라야 했다. 단단한 껍질 속에 탱글탱글하고 단맛이 도는 게의 속살을 맛볼 수 있었다.

유명한 돌산 갓김치도 나왔다. 돌산의 해양성 기후와 알칼리성 토질이 따뜻한 바람과 만나 더 맛있는 갓을 생산해 낸다고 한다. 돌산갓은 일반 갓보다 매운맛은 적고 독특한 해조류 향이 났다. 칼슘과 철분의 함량이 풍부하고 다른 채소에 비해 단백질 함량이 높다고 하니 무조건 섭취해 두었다.

이제 여수를 돌아볼 차례다. 돌산읍에 위치한 여수 예술랜드로 향했다. 여수에서 돌산을 지나는 대교는 1984년 완공된 돌산대교와 2012년 완공된 거북선대교가 있다. 돌산대교의 팽팽하게 당겨진 듯한 케이블 옆을 지나며 밤에 볼 야경도 기대됐다.

예술랜드에 도착해 대관람차에 탑승했다. 천천히 돌아가는 캡슐 안에는 양쪽으로 마주 앉는 의자와 흰색 테이블이 놓여 있었고 음악을 틀 수 있는 플레이어가 있었다. 자리에 앉으니 세상이 나에게 여러 장의 타로 카드를 꺼내 보이는 듯했다.

바다를 향해 앉자 푸른 남해 바다에 내치도와 외치도가 떠 있었고 하늘과 바다 사이에 맑게 피어오른 흰 구름이 싱그러운 여름처럼 부풀었다. 바다 위에 떠다니는 선박들의 여유로운 움직임도 보였다. 반대편으로 앉자 예술랜드에서 미다스 손에 올라가 포즈를 취하는 사람들과 스카이워크를 거니는 사람들의 모습도 보였다.

숙소에 도착해서 조금 쉬고 저녁 무렵에 여수엑스포역 인근의 선착장으로 향했다. 해 질 무렵이 되니 시원한 바람이 불고 기온도 내려가 걷기 좋았다. 해안선을 따라 물결치듯 구불구불하게 놓인 교량을 통해 이동했다. 완만한 곡선으로 휘어진 길이 마음까지 물렁물렁하게 만들었다.

크루즈에 탑승하려면 신분증과 미성년자 아이의 신원 확인을 위한 등본이 필요했다. 티켓을 발매하고 크루즈 안으로 들어갔다. 선박의 1층은 연회장과 공연장이고 2층은 앉아서 창밖을 보며 간단한 식사를 할 수 있었다. 3층은 갑판으로 야외 공연장이 있었다. 난간에 서서 여수 해안을 보니 이제 막 시작된 일몰 속에서 호텔과 카페의 전등이 빛나고 있었다. 갑판에는 여수 여행에 대한 안내와 진행을 맡은 사회자가 있었다. 배의 오른쪽에 서면 오동도를 볼 수 있고 왼쪽에 서면 돌산을 가까이서 볼 수 있다고 했다.

오후 7시 20분, 선박이 천천히 출발했다. 오동도를 스치고 방파제로 미끄러져 남해 바다의 물살을 갈랐다. 하늘이 어둠 속에 잠기자 돌산대교와 거북선대교에 불빛이 들어왔다. 교량의 하중을 지지하는 케이블이 미녀의 가지런한 치아처럼 환했다.

불이 켜진 돌산대교를 지날 때 산 모양으로 솟아있는 교량의 불빛이 바다에 비쳤다. 보라와 노랑, 파랑과 빨강의 불이 켜질 때마다 바다도 몸을 흔들며 빛의 물감을 풀어놓았다. 왜 〈여수 밤바다〉 노래가 그렇게 인기 있었는지 알 것 같았다. 밤의 야경이 활기와 은은한 감동을 선사했다.

이어서 크루즈의 절정인 폭죽이 터졌다. 바다 한가운데서 빛이 맹렬하게 쏟아졌다. 거침없이 터지는 폭죽 소리에 갑판 위는 함성과 감탄이 섞였다. 흩어졌던 마음도 하나로 모아져 밤하늘을 수놓고 사라졌다. 불평도 속상함도 꿈의 한 귀퉁이처럼 나름의 색이 되어 펼쳐졌다.

폭죽 쇼가 끝나자 사회자는 항구에 도착할 때까지 노래를 부르며 춤을 추었다. 돌아오는 동안 탑승객과 함께 맘춤도 추고 함성도 지르며 즐거움으로 채웠다. 사람들은 갑판에서 웃고 뛰면서 무대를 즐겼다. 섬과 육지를 잇는 교량처럼 여수 밤바다는 일상에 갇힌 사람들과 자유로움을 이어주었다.

여수의 밤은 휴식과 재충전 자체였다. 은은히 빛나는 돌산대교의 불빛, 천천히 움직이는 케이블카, 밤을 즐기는 황홀한 빛에 던져진 잊지 못할 시간이었다.

9 소금꽃 가득한
비인 갯벌

서천 비인 갯벌

짭조름한 살냄새 고여있는 갯벌

윗섬 들추고 한 동이씩 젖을 내어주는 쌍섬

태양도 구름옷 벗어놓고

허름한 웅덩이에 앉아

시원한 백합국 한 그릇 들이킨다

　서천 해변은 나에게 특별한 추억이 있는 곳이다. 초등학교 저학년 무렵 아버지는 이곳에서 여름내 불도저 일을 한 적이 있다. 그 무렵 어머니는 낭만적인 면이 있었다. 여름방학이 되자 텐트와 코펠을 준비해 나를 데리고 장항선 기차에 올랐다. 이모에게 언니들은 부탁하고서 한 달간 바닷가에서 캠핑을 하기 위해서였다.

　당시 막차에서 내리자, 아버지는 서천역에 마중 나와 계셨다. 읍내 빵집에서 팥빙수를 사주셨는데 처음 먹어보는 맛이 낯설어 잘 먹지 못했다. 더구나 배앓이를 하는 통에 찬 게 당기지 않았다. 아버지는 가족과 함께할 캠핑이 기대됐는지 맛있냐고 자꾸 물으셨다.

　빵집을 나와 공사 현장 인근 민박집으로 갔다. 숙소는 해변가에 있었다. 한밤중 잠자리에 들기 전 바닷가에 나가 하늘을 보고 깜짝 놀랐다. 별들이 빛나고 있었는데 그 모습이 바닷가 바위에 달라붙은 따개비 같았다. 당시 서울의 밤에는 북극성과 희미한 몇 개의 별만 보였다. 늘 별은 은은하고 아련하게 빛나리라고 생각했는데 너무 많으니 아름답다는 생각이 들지 않았다. 그땐 어렸으니까. 만약 다시 본다면 예쁘게 보일지도 모른다.

한 달간의 어촌 캠핑은 잊을 수 없는 추억이 되었다. 아침에 눈 뜨면 소나무 숲에 앉아서 바다가 찰랑이는 것을 보았다. 그리고 모래 위에 떨어져 있는 솔가지와 솔방울을 주워 밥을 지었다. 늦은 오후에 물이 빠지면 소라, 고동, 게 등을 잡았고 매일 저녁 해물탕을 맛보았다.

아름답게 출렁이는 바다를 보는 날들은 즐거움으로 채워졌다. 우리가 머문 해변이 세상의 전부가 된 느낌이었다. 바다 위의 윤슬처럼 소유할 수도 값을 매길 수도 없지만 주변의 풍경들은 존재 자체로 아름다웠다. 다시 또 그곳에 가자고 몇 번이나 다짐했지만 가지 못했다. 차차 언니들이 고학년이 되었고 가족들이 모두 바빴다.

모처럼 그때 생각이 간절하던 어느 날 갑자기 '혼자라도 다녀올까' 하는 생각이 들었다. 서천역에 내려서 30여 분을 걸어 터미널 앞에 도착했다. 터미널은 증축 공사가 진행 중이었다. 인근 의료기상 앞에 임시버스 정류장을 운영하고 있었다. 나란히 놓인 두 개의 벤치 위로 여름 햇볕이 뜨겁게 내리쬐고 있었다. 잠시 후 살수 탱크가 도로에 물을 뿌리며 지나가니 소낙비 냄새가 사방으로 번졌다.

얼마 지나지 않아 해변으로 가는 버스가 왔다. 푸르른 숲과 논밭을 지났다. 눈에 들어오는 풍경이 해변만큼이나 시원하게 느껴졌다. 비인 해변은 버스정류장에 내려 걸어서 20분 정도 걸렸다. 인근 펜션에는 조개를 캘 수 있는 장비를 빌려준다는 문구가 눈에 띄었다. 물때가 되면 해변에서 쌍섬까지 걸어갈 수 있다고 했다. 쌍섬에는 뜨겁게 사랑하던 연인이 서로의 사랑을 지키기 위해 함께 바다로 뛰어들었다는 전설이 있다.

바닷물이 빠진 후 쌍섬으로 다가가 보았다. 마치 두 개의 섬이 나란히 손을 잡은 것 같았다. 장화를 신고 갈퀴를 들고 가는 사람들의 행렬이 이어졌다. 숨을 들여 마시니 짭조름한 바다 내음이 났다. 바람이 부드럽게 내 몸을 감싸는 듯했고 엄마 품처럼 미끈하고 기분 좋은 땀 냄새가 났다.

비인 해변의 갯벌은 질퍽하지는 않았다. 부드러운 모래사장을 걷는 것 같았다. 걸어 다니기 좋은 정도다. 쪼그려 앉아 갈퀴질하는 사람들 주위를 돌며 조개잡이를 구경했다. 몇 번의 갈퀴질에도 조개가 수두룩 쏟아졌다. '동막'이라고 했다. 대나무처럼 생긴 맛조개를 잡는 사람도 있었다. 그들은 조개가 있을 법한 곳에 소금을 뿌리면 쏙 올라온다고 했다.

얼마 전 에어컨을 켜둔 채 잠들어 여름 감기가 들었다. 하지만 갯벌을 다니는 동안 소금기 머금은 공기가 폐를 소독한 건지 기침이 잦아들고 상태가 좋아졌다. 아픈 나를 부모님이 보살펴주는 느낌이 들었다. 자연 속에 살고 싶지만 아이들이 학교에 다니고 남편도 직장을 다니니 어렵다. 대신 자주 내려와야겠다고 생각하니 마음이 한결 가벼워졌다.

노을이 질 때, 모래와 뻘 사이를 지나는 바닷물이 강물처럼 흘렀다. 몇 시간 후면 밀려들 거대한 바다, 감히 사람이 대적할 수 없는 존재가 잠깐 곁을 내주고 있었다.

10 대관령 눈꽃 마중

발왕산 정상

발왕산 구름 우체부가

하얀 조각상 가득한 전시장으로

초대장을 전한다

공룡처럼 뭉쳐져 나무에 걸린 눈꽃들
토끼와 거북이도 있다

눈의 색에는 젊음도 노년도 없다
시간도 분주함도 정지된 곳

맑은 정신의 세계
몸속 가득 고인다

내 손을 잡아줄
따뜻한 이를 만나는
시간이 기다려진다

    눈 내리는 겨울에 생일이 있어 좋다. 이제 내가 사는 곳에 눈이 내리지 않으면 일부러 먼 곳까지 가서 눈을 보고 온다. 몇 해 전 발왕산에 올랐을 때 풍경이 나를 바꿔 놓았다.

    한겨울 발왕산 정상은 구름이 주저앉은 것 같았다. 온통 하얀 눈 덮인 세상에 바람이 불 때마다 사막의 모래 알갱이처럼 거친 눈보라가 얼굴을 때렸다. 얼굴에 부딪히자 바로 녹아내리는 눈보라가 물장구치듯 재미있게 느껴져 웃음이 나왔다.

젊은 시절 나는 추위를 많이 타서 겨울이 싫었다. 그리고 아이들이 어릴 때는 겨울이 무서웠다. 식구 중 누군가 감기에 걸리면 전부 돌아가면서 앓았다. 다 나을 때쯤 또 누군가 감기에 걸렸는데 정말 공포스러웠다.

그런 나에게 그날 어떻게 그런 용기가 생겼던 걸까. 설원을 보고 싶다는 생각이 간절했다. 유리알처럼 빛나는 상고대며 바람에 날리는 눈가루 그리고 푹푹 빠지는 눈길을 직접 걸어 보고 싶었다. 뉴스에서는 체감온도 40도라고 외출을 삼가라고 했지만, 설경을 감상하기에는 오히려 잘됐다는 생각이 들었다. 그리고 아직 상고대를 실제로 본 적이 없어서 그 반짝이는 실제 모습이 무척 궁금했다.

평창에는 눈이 많이 쌓여 있었다. 도로에 밀어 놓은 눈이 무릎을 훨씬 넘었다. 케이블카를 타고 올라간 발왕산 정상은 잠시 서 있기도 힘든 바람이 불었다. 정말 칼로 얼굴을 베어내는 느낌이었다. 하지만 아름다운 설경은 포기할 수 없었다. 잠시 후 눈이 부셨지만 실눈을 뜨고라도 계속 바라볼 수밖에 없는 풍경이 펼쳐졌다.

겨울왕국이 이런 모습일까. 가지마다 목화솜을 씌워 놓은 듯 북실북실한 눈구름이 뭉쳐있었다. 이렇게 멋진 눈 구경은 태어나서 처음이었다. 추위를 무릅쓰고 풍경을 사진에 담았다. 하얀 눈길에 발자국이 찍힐 때마다 뽀드득 눈이 뭉쳐지는 소리가 들렸다. 차가운 기온에 소리까지 나니 눈으로 마음속 거울을 닦는 듯했다. 멀리 가지 않았는데도 인적이 끊어졌다. 사람들은 스키를 타러 내려가거나 더 걷지 못하고 다시 돌아왔다. 조금 더 걸어가니 눈 덮인 숲속에 이정표처럼 빨간 우체통 하나가 보였다. 장갑을 벗기 힘들어 손 글씨를 대신해서 마음으로 엽서를 썼다.

내용은 나뭇가지에 올려진 흰 눈에게 보내는 글이었다. 너는 나뭇가지에 멈춰선 구름이고 나는 땅 위에 머무는 별이라고. 좀 유치하지만 빨간 우체통과 어울리는 멘트였다.

매서운 추위가 설원의 고적함을 지키려는 듯 사정없이 방문객을 밀쳤다. 아무나 다가설 수 없는 곳에 발을 들여놓았다는 가슴 졸이는 긴장이 나를 더 신나게 만들었다. 여기저기에 감상을 남기고 싶었지만 체온이 허락하지 않았다. 빛나는 발왕산의 설경을 오래 보지 못해 아쉬웠지만 다음을 기약했다.

대관령

익숙한 하루와 그리운 추억의 편안한 숨

잘 다림질한 옷을 입으면
내가 상처가 있는 사람이라는 생각이 들지 않았다.
아프다고 말할 수 있지만 나도 최선을 다해야 한다는 생각이다.
어차피 오늘은 나에게 주어진 하루니까.

1 초딩의 설거지

설거지 하는 아이의 뒷 모습

"엄마, 오늘은 내가 설거지하고 싶어."

초딩 아들이 설거지를 한다. 우당탕탕탕, 싱크대 앞에서 폭포 소리가 났다. 어제 새벽 나는 응급실에 다녀왔다. 작년에 꿰맨 곳이 다시 터지면서 조금 진물이 나오는가 싶더니 자려고 누웠는데 옷이 다 젖어있었다.

무섭고 떨렸지만 병원에 가기 전에 행거에 있는 옷을 정리하고 음식물 쓰레기를 버렸다. 만약에 '병원에서 입원이라도 하라고 하면 어쩌지' 하는 생각에서 말이다. 응급실에 누워서 의사가 오기를 기다리며 의료진이 찔러대는 주사를 가만히 참고 있었다.

아이들에게 조금 전까지 '자기가 할 일은 스스로 해야지.' 하며 잔소리한 일이 떠올랐다. 청소기를 윙윙 돌리며 '이거는 왜 안 치웠니', '저거는 왜 버려뒀니', '숙제는 했니' 떠든 내 모습이 바보 같았다. 주삿바늘이 들어갈 때마다 어리석은 나를 일깨우는 것 같았다.

다행히 새벽 4시쯤 앳돼 보이는 의사가 와서 응급처치를 해줬다. 병실침대에 누워 밤도 낮처럼 바쁘게 움직이는 의료진과 분주한 움직임에 흔들리는 병실 커튼을 바라보았다.

의사나 간호사도 사람인데 캄캄한 밤에 졸리지 않을 수 없을 것이다. 늦은 시간까지 자신의 자리에서 일하고 계시는 분들에게 감사했다. 밴드 알레르기 때문에 며칠 고생해야 했지만, 이 새벽에 꼭 도움이 필요한 순간에 나를 도와줘서 상처를 치료받을 수 있었다.

'이제 살았다! 다시 집으로 갈 수 있다!'라고 생각하니 모든 게 감사했다.

집으로 돌아와 침대에 눕자 작은 아이가 설거지를 하고 싶다고 했다. 너무나 고마웠다. 그리고 다시는 아프지 않도록 조심하리라 다짐했다.

어리석은 엄마를 사랑해줘서 고맙다. 아들아~

나에게 늘 힘이 되어주고 위로해 주는 너희들에게 잔소리하는 내 목소리도 설거지해 주렴.

2 안양천을 휘감는 담쟁이

나는 매일 안양천에 슬픔과 바람을 털어놓는다. 고수부지에 놓인 긴 의자에 앉아 혼란스러운 마음을 천천히 가다듬는다. 또 징검다리를 건너며 미약해지는 나를 다 잡는다. 흔들리고 약해질 때마다 위로와 응원

을 보내주던 꽃들, 나무들, 새들과 잔잔히 흐르는 물살들이 안양천에 있었다.

이른 아침 안양천 산책로에 내려가는 계단 앞에 멈춰 섰다. 맨 위에 있는 계단 입구에 담쟁이의 작은 잎이 아기 손처럼 뻗어 있었다. 가을이 깊어 가니 잎이 짙은 주황색이다.

올여름 집중호우로 계단의 난간이 유실되고 계단 턱만 남았다. 비가 어찌나 많이 왔는지 고수부지 산책로에 있던 뽕나무, 오동나무, 대실 산수유, 조팝나무, 좀작살나무 등이 모두 빗물에 휩쓸려 사라졌다. 새로 생긴 '서로교' 아래 노란 꽃창포가 멋지게 피어서 좋았는데 흔적도 없다. 해바라기도 코스모스도 들국화, 개양귀비꽃, 달맞이꽃들도 모두 사라졌다.

집중호우 전에 핸드폰에 식물 이름을 찾아주는 어플을 다운로드했다. 산책할 때마다 사진을 찍어 이름을 외웠다. 빗물에 휩쓸려 황량해진 안양천의 고수부지를 거닐며 홍수로 피해 입은 황량한 마음을 조금이나마 헤아려 보았다. 조금씩 복구가 되고 있어 다행이라고 생각하며 갈대와 억새만 듬성듬성 있는 안양천으로 향했다.

자주 이용하는 계단 앞에 서니 다행히 산책로 계단에 난간이 새로 생겼다. 평소 난간을 잡지 않고 오르내렸다. 잠깐 동안이었지만 막상 난간이 없으니 무서웠다. 절벽을 타고 내려가는 기분이었다. 다시 난간을 잡고 내려서려는데 계단 입구에 담쟁이의 넝쿨손이 뻗어 있다. 제방의 벽을 타고 계단 턱까지 담쟁이가 와 있었다. 폭우에 휩쓸려 커다란 나무들도 뽑혔는데 담쟁이는 벽을 붙들고 살아남아 있었다.

나뭇잎의 짙은 녹색은 사라지고 가을 옷을 입고 있다. 둘러보니 담쟁이는 어디에나 있었다. 차도 옆 전신주 위에서 잎사귀를 팔랑거리고 있는가 하면 건물 벽을 삼킬 듯 덮기도 했다. 방음벽을 타고 올라 멋진 색칠을 하기도 하고 다른 나무 밑에서 숨바꼭질하듯 조심스럽게 기어오르기도 했다.

그런 담쟁이의 끝을 잡고 심술궂게 아래로 떨어뜨려 본 적이 있다. 며칠 후 담쟁이는 조금 돌아서 다시 올라오고 있다. 그때 참 미안했다. 도대체 담쟁이의 꿈은 뭘까. 왜 그리도 늘 오르려고만 할까. 그렇게 오르는 것이 힘들고 지치지는 않는지 모르겠다. 하지만 담쟁이는 조금도 망설임이 없다. 자신이 초라하다고 생각하지 않는다. 자신은 강하다고 말하는 듯했다. 그렇지, 담쟁이가 포기하는 걸 본 적이 없다. 더 다가가 들여다보았다.

담쟁이를 보면 사람의 마음 같다. 어떤 어려움도 꿋꿋이 이겨내는 모습도 그렇고, 어디든지 오르려고 하는 욕망을 지닌 모습도 사람 같다. 욕심이 많은 걸까? 그렇게 보기엔 담쟁이는 참 보잘것없어 보였다. 홀로 서지도 못하고 벽이나 나무에 기대어 오르니 말이다. 그저 좌절하는 것이 싫을 뿐인 듯했다. '만약 오르지 않으면 어떻게 될까?' 생각해 보았다. 아마 스스로 자신의 몸을 감고 엉켜버려 시들고 말 것이다.

벽을 타고 옆으로 향하는 담쟁이, 위를 향하는 담쟁이들의 꿈이 안양천에 모였다. 살아있는 한 포기하지 않고 조금씩이라도 자신이 할 수 있는 일을 묵묵히 해나가는 담쟁이들이다.

사람도 마찬가지다. 생계를 위한 일이든 취미활동이든 묵묵히 해나간다. 운동, 등산, 노래, 글을 쓰기 등을 말이다.

산책을 하는 사람들과 자전거를 타며 오가는 사람들도 곳곳에 있는 담쟁이들과 눈을 마주치는 것 같았다. '우린 잘하고 있어.' 속삭이며 나도 담쟁이의 손을 잡아보았다.

걷다 보니 안양천 철교 위로 전철과 기차가 지나갔다. 창밖으로 승객들의 시선이 확 쏟아졌다. 막힌 숨통이 트인 것처럼 안양천과 삼성천과 삼막천이 만나 엉키는 모습을 바라보았다. 쉼 없이 흐르는 하천 위에 힘겨움도 흘려보냈다.

3 수목원에서
나무 친구 만나기

서울대 관악수목원에서

봄비가 촉촉이 내리는 날 서울대 안양수목원을 찾았다. 얼마 전까지 서울대 관악수목원으로 불렸으나 최근 명칭이 변경되었다. 이곳은 안양 예술공원 끝에 위치한다. 산림 치유프로그램을 미리 신청하여 지인들과 함께 참가했다. 입구부터 짙은 소나무 향이 밀려왔다.

58년 동안 연구를 위해 사람들의 출입을 막았던 곳이어서 산림이 잘 보전되어 있었다. 오래전 안양예술공원은 안양유원지로 불렸다. 1970년대 이곳은 국민관광지로 각광을 받았다고 한다. 하지만 1977년 대홍수로 시설이 파괴되고 무분별하게 자연을 훼손되는 일이 생기면서 찾는 사람이 점점 줄어들었다.

만약 그때 수목원의 문을 닫아두지 않았다면 지금의 나무들은 사라지고 없을지도 모른다. 수목원 안에 있는 나무들은 대부분 이름표를 달고 있었다. 여기저기에 이끼가 많아 인적이 드문 비밀의 정원 같은 분위기가 났다. 나무껍질에도 이끼가 끼어 있었다.

왕벚나무, 개암나무, 굴피나무, 회화나무, 신갈나무, 자귀나무, 가래나무, 물푸레나무 등의 이름을 읽어 보았다. 들은 적은 있으나 처음 보는 나무를 지날 때는 좋은 시를 읽었을 때와 같은 기분이 들었다.

조금 더 올라가니 생강나무꽃이 보였다. 김유정의 소설 「동백꽃」이 생각났다. 소설에 나오는 동백꽃이 우리가 알고 있는 붉은 동백꽃이 아니라 생강나무꽃이라는 걸 알게 된 지 얼마 지나지 않았을 때였다. 알싸하고 향긋한 향기를 맡아보고 싶었으나 줄이 쳐져 가까이 갈 수 없었다.

대신 비슷하게 생긴 노란 산수유나무가 나란히 서서 꽃을 피우고 있어 구분할 수 있었다. 생강나무꽃은 뭉글뭉글 둥글게 무리 지어 피어있고 색이 연했다. 산수유꽃은 선명한 노란색으로 끝이 왕관처럼 갈라져 있었다. 나무 기둥도 생강나무는 매끈하고 산수유는 껍질이 벗겨질 듯 거칠었다. 두 가지 나무는 이제 절대 헷갈리지 않을 것 같았다. 모를 때는 어렵게 느껴졌지만, 알고 나니 콩과 팥을 구분하는 것처럼 쉬웠다.

숲속을 따라 올라가다가 리키테다소나무 앞에서 현신규 선생에 대한 이야기를 들었다. 6.25 전쟁 이후 황폐화 된 우리나라는 척박한 땅에서도 잘 자라는 나무가 필요했다고 한다. 이때 현신규 선생은 미국 소나무인 리기다소나무와 테다소나무를 교배하여 개량한 리키테다소나무를 개발하셨고 덕분에 이 나무를 전국에 보급할 수 있었다고 한다. 벌거숭이 산은 그렇게 나무를 열심히 심은 덕분에 다시 숲을 이루었던가 보다.

조금 더 안으로 가니 솔방울 같기도 하고 도깨비방망이 같기도 한 것이 떨어져 있었다. 산림치유사는 일본목련 열매라고 했다. 일본목련은 우리나라 목련과 다르게 잎이 유난히 커서 그늘을 많이 만든다고 했다. 그렇기 때문에 작은 식물의 생존을 위협하는 아주 고약한 녀석이라고 했다.

잎이 먼저 피고 꽃이 먼저 핀다는 일본목련이 조경수로 우리나라 목련의 위치를 위협할까 봐 걱정되었다. 이국적인 것을 좋아하는 젊은 층이 많아지고 예전에 많았던 토종 목련꽃도 최근 점점 줄어드는 것 같아 마음이 안 좋았다.

처음 안양으로 이사와 비산동에 살았다. 버스정류장에서 집으로 가려면 오래된 동네를 지나야 했다. 곳곳에 목련 나무를 심은 집들이 많아

봄이 되면 온 마을이 다 환해졌다. 밤이 되어 가로등에 불이 켜지면 하얀 불빛을 받은 목련꽃은 은박을 입힌 것처럼 밝아져 주변의 집들이 큰 사원처럼 보였다. 재개발이 되면서 사라진 동네의 모습 중에 목련꽃처럼 그리운 것은 없다.

그런 허전함을 이제 수목원에 와서 채우기로 했다. 자주 와서 꽃과 나무에 대해서 알아갈 생각이다. 봄에는 진달래와 목련꽃 옆으로 이름을 모르고 지냈던 다양한 꽃과 나무를 관찰할 생각이다. 가을이면 단풍으로 물드는 삼성산과 관악산을 거닐 수 있다고 생각하니 마음 한편이 든든해졌다.

산행을 마치고 우리는 수국차를 마셨다. 파란색, 붉은색, 흰색의 수국이 있는데 일행이 받은 차는 흰색으로 만들었던 모양이었다. 따뜻하고 달콤한 수국차가 몸을 데웠다. 작고 귀여운 얼굴이 올망졸망 모인 것 같은 수국꽃이 피는 여름이 기다려졌다.

서울대 안양수목원에서 수국차

서울대 안양수목원 금낭화

치유의 하루, 맑은 숨 쉬다

4 믹서기 고치는
아저씨

팥빙수를 해 먹고 싶은데, 믹서기가 말썽이다. 5년 전 아주 잘 갈린다
는 상품 후기를 보고 산 중소기업 제품이었다. 과일이나 마늘도 잘 갈렸
고 여름에는 얼음도 잘 갈렸다.

우리 집 믹서기는 아래에 모터가 있는 본체와 강화 유리 안에 칼날이 장착된 분쇄통이 있는 보통의 믹서기이다. 그런 평범한 믹서기도 아이의 눈에는 신기한지 둘째 아이가 다이얼식 버튼을 자꾸 만졌다. 돌릴 때마다 다이얼 안에 네온색 불이 들어오고 단계가 달라져서 유리로 된 용기 안에서 분수처럼 내용물이 오르락내리락했다.

얼마 지나지 않아 다이얼식 버튼을 감싸고 있던 플라스틱 원형 틀이 빠졌다. 잘 두었다가 쓸 때만 꽂아서 사용했는데 점점 헐거워지더니 이제는 아예 끼워도 돌려지지도 않고 손에 찌릿찌릿 전기까지 올랐다. 할 수 없이 서비스 센터에 전화를 했다. 목소리로는 오십 중후반의 아저씨가 받으셨다. 오 년이나 된 제품인데 부품이 있으려나 걱정을 하면서 믹서기의 상태를 설명했다. 아저씨는 구매한 지 얼마나 됐냐고 물으시면서 본체를 보낼 때 분쇄 용기 칼날도 보내라고 하셨다. 왜냐고 여쭈니 칼날이 벌써 많이 닳았을 거라며 교체해야 한다는 것이다.

나는 괜찮다고 했지만 꼭 보내라셨다. 주소를 불러주셨는데 서울 성수동이다. 믹서기 용기가 강화 유리여도 잘 깨지는 유리 제품이라서 오다가다 부딪쳐 금이 갈까 봐 겁이 나서 못 보내겠다고 본체만 보내겠다고 했다. 그럼 칼날을 분리하는 법을 가르쳐줄 테니 해보라셨다. 본체에 용기를 장착하고 왼쪽으로 힘을 주어 돌리면 칼날이 빠진단다. 전화를 끊고 여러 번 해 보았지만 칼날은 꿈쩍도 하지 않았다.

나는 일단 전기가 통하는 버튼이나 고쳐야겠다는 생각으로 본체만 꽁

꽁 싸서 보냈다. 아침 일찍 택배를 수거해 갔다. 그런데 다음 날 오전에 서비스센터에서 아저씨가 연락을 해왔다. 왜 칼날을 보내지 않았냐고 성화셨다. 나는 자초지종을 설명하고 괜찮으니 그냥 본체만 고쳐서 쓰겠다고 말씀드렸다. 아저씨는 절대 안 된다고 하셨다. 지금 본체는 다 고쳤고 분쇄 용기의 칼날도 교체해야 하니 착불로 분쇄 용기 통째로 보내라셨다. 안 그러면 본체도 안 보내시겠다는 것이다.

유리 제품인데 오고 가다가 깨지면 나만 더 손해인데 왜 저리 성화신지 알 수 없었다. 나는 조금 어리둥절했다. 마침 흔한 택배 물품마다 들어 있던 엠보싱 비닐도 어제 다 버렸다. 하는 수 없이 아이들 겨울 헌 옷으로 둘러싸고 다시 박스를 오려 싸서 보냈다. 보내면서도 깨지면 어쩌나 하는 걱정이 앞섰다. '정말 아저씨 고집 못 말리겠네.' 하며 투덜댔다. 하지만 다음 날 난 택배를 받아보고 한 번도 만난 적 없는 분의 정을 느꼈다.

아저씨는 내가 보낼 때 그대로 아이들 헌 옷에 분쇄 용기를 싸고 다시 오려진 박스에 싸서 믹서기 본체와 함께 상자에 담아 보내셨다. 꺼내서 돌려 보았더니 기가 막히게 잘 작동됐다. 헌 믹서기가 새 믹서기가 돼서 돌아왔다.

난 고집 센 수리 센터 아저씨의 장인정신이 무척 고마웠다. 그리고 믹서기에 애정이 붙어 아침마다 토마토나 검은콩을 갈아먹는다. 수리받은 후로 거의 매일 믹서기를 쓴다. 시원하게 갈리는 걸 보면 속이 후련해지는 기분이 들었다. 요리할 맛이 절로 났다. 아이들과 얼음도 갈아 팥빙수도 해 먹고 수박도 갈아서 주스도 해 먹으며 아저씨의 고집에 엄지척했다. 그 고집이 없었다면 잘 갈리지도 않는 믹서기를 쓰면서 계속 투덜댔을 테고, 다시 새것을 사야 했을 것이다. 돈을 아껴서 좋은 것만이 아니라 옳다고 생각하는 일을 하는 모습이 좋았다.

요즘처럼 다른 사람에게 듣기 싫은 말은 안 하는 세상에 고집스럽게 분쇄 용기를 보내라고 하시더니 이렇게 편하게 요리하게 됐으니 말이다. 잔소리는 참 듣기 싫다. '자기나 잘하지.' 하는 생각이 바로 든다. 하지만 꼭 들어야 하는 말은 용기 내서 해줘야 하지 않을까.

그 후론 나도 추운 날 갓난아이를 밖으로 데리고 나온 새댁들에게 들어가라고 하고 책가방 문을 열고 다니는 학생들을 보면 주의하라고 말해준다. 춥게 입고 다니시는 어르신들에게는 따뜻하게 입고 다니시라 말을 건네게 된다. 무슨 사정인지는 모르나 도움이 필요한데 망설이고 있는 분들도 있으실 것이고 하루 종일 아무와도 말 한마디 못 하고 지내는 분들도 있을 것이다.

관심 갖는 게 다른 목적이 있는 것으로 오해를 받기도 하여 조심스럽긴 하다. 옷깃만 스쳐도 인연이라는 말과 달리 좀처럼 정을 찾기 힘든 요즘이다. 타인에게 무심한 시대에 난 고집쟁이 수리공 아저씨 덕을 톡톡히 보았다.

5 마음까지
쫙 펴주는 다림질

일주일에 두세 번은 다림질을 한다.

한동안 수술한 부위가 말썽이었다. 꿰맨 부분이 잘 아물지 않고 터져 진물이 배어 나왔다. 그래도 심하지 않아 살살 움직이며 생활했다. 고정 하는 속옷 대신 면티를 두 개 받쳐 입고 셔츠를 다려서 입었다. 셔츠도 집에 있을 때는 흰색으로 입고 밖에 나갈 땐 감색으로 입었다. 집에 있을 때 흰색으로 입은 이유는 집에서 밝게 있고 싶었다. 집안일을 할 때는 앞치마로 가렸다.

우울한 상황에도 어떻게 하면 기분이 좋아질까. 힘들어서 누워 있을 때를 제외하고는 옷을 깔끔하게 입으려고 노력했다.

다행인지 불행인지 아이들이 교복을 입으니 일주일에 두세 번은 다림질을 해야 했다. 아이들 옷 다리면서 내 옷도 산뜻하게 다려 입으면 옷 속에선 전쟁이 일어나더라도 밖에선 평화로웠다.

내가 이렇게 빨래에 집착하는 이유는 뭘까. 아마도 친정어머니에게서 유래된 건 아닐까 생각된다. 친정어머니는 장사를 하느라 늘 바쁘셨는데 빨래를 하는데 굉장히 정성을 들이셨다. 속옷과 겨울 내복은 늘 깨끗하게 삶았고 찌든 옷은 뜨거운 물에 푹 담그거나 삶아 방망이로 두드려 빠셨다.

옷을 갤 때도 여러 번 손으로 문질러서 꼭 다림질하듯이 반듯하게 접었다. 양말을 접더라도 정사각형이 되게 접어 옷장에 가지런히 두곤 하셨다.

다림질에도 여러 가지 방법이 있다. 첫째 옷이 조금 덜 말랐을 때 한 번씩 접어 탁탁 두드린 후에 달궈진 다리미로 다리는 방법과 둘째 완전히 말랐을 때는 분무기로 물을 뿌려가며 옷을 다리는 방법이 있다.

장마철에는 빨래가 다 말랐어도 약간 눅눅한 기분이 든다. 그럴 때는 다 마른 속옷도 한 번씩 다려서 넣어 주면 좋다. 아파도 이렇게 해놓으면 개운하다. 비록 흉터 때문에 시원하게 씻지 못해도 오일로 닦아내면 샤워한 것처럼 개운했다. 그리고 잘 다림질한 옷을 입으면 내가 상처가 있는 사람이라는 생각이 들지 않았다. 아프다고 이유를 댈 수 있지만 나도 최선을 다해야 한다는 생각이다. 어차피 오늘은 나에게 주어진 하루니까.

청소할 때는 음악도 듣고 내 자리를 깔끔하게 유지하려고 노력한다. 물론 무리하지 않는 선에서 말이다. 설거지가 밀리더라도 머리를 감고 눈썹을 그리는 일은 잊지 않았다. 가족들에게 힘든 모습을 보이기 싫었다. 그래야 가족들도 덜 걱정하고 자신의 일을 할 수 있을 것 같았다. 그리고 내가 이겨내는 모습에 안도할 거라 여겨졌다. 그런 노력 중 하나가 바로 나의 옷을 직장에 갈 때처럼 다려 입는 것이었다. 티셔츠를 입을 때를 제외하고는 대부분 옷을 잘 다려 입었다. 상처는 쉽게 아물지 않았다. 일 년 남짓 그렇게 고생했다. 하지만 그것도 다 지나간 일이다. 지금은 언제 그랬냐는 듯 잘 생활하고 있다. 요즘도 다림질할 때면 그때의 마음가짐이 생각난다. 반듯하게 보이고 싶어 했던 마음, 일상으로 돌아가고 싶어 했던 마음, 마음속 먹구름이 걷히기만을 바랐던 마음까지. 이제 다림질로 앞날의 주름도 잘 펴보아야겠다.

6 태양을 닮은 빨간 토마토

매일 아침은 토마토 쥬스로 시작

우리 집 태양은 냉장고에 있다. 매일 태양처럼 붉은 토마토가 나의 아침을 연다. 아침에 눈을 뜨면 식소다를 푼 물에 토마토를 담근다. 30분 정도 지나서 깨끗이 씻어 믹서기에 간다. 이때 토종꿀을 한 스푼 넣어준다.

한 잔을 마시고 나면 몸속 혈관에 낀 기름기가 싹 닦이는 기분이 든다.

어릴 적 봄날이면 퇴근하고 집으로 돌아오는 아버지 손에는 호박처럼 커다란 토마토가 서너 개 들려있곤 했다. 단맛을 좋아할 때라 밋밋한 토마토를 보면 실망스러웠다. '딸기나 앵두처럼 달콤한 과일을 사 오셨으면 더 좋았을 텐데'라고 말을 꺼내면 아버지는 말씀하셨다.

"토마토는 태양의 열매야."

"애들은 토마토보다 딸기를 더 좋아하죠."

어머니는 말씀하시고는 토마토를 가로로 잘라 설탕을 뿌려 딸들에게 줬다. 바로 옛날식 토마토 샐러드다. 이 샐러드의 묘미는 마지막에 있다. 포크질을 해서 토마토의 과육을 다 먹고 나면 토마토의 씨가 붙어 있는 말캉한 부분이 그릇 아래에 주스처럼 남는다. 달콤하고 신선한 이 즙을 마시고 나면 아버지의 선택이 탁월했다는 걸 인정하지 않을 수 없다.

새 학년이 시작될 무렵이면 나는 종종 입 안이 헐었지만 신기하게도 토마토 한 접시를 먹고 푹 자고 나면 다 나았다. 설마 항산화 작용이었던 걸까? 잘은 모르지만 토마토의 신선함이 오랫동안 입안에 남았다.

아이들 어릴 때 베란다에서 방울토마토를 키운 적이 있다. 사각형의 채소 화분을 여러 개 사서 흙을 담고 모종을 심었다. 햇볕이 잘 드는 곳이어서인지 얼마 지나지 않아 나무 막대기를 세워야 할 만큼 토마토는 쑥쑥 자랐다. 그리고 햇볕이 점점 강해지는 시기가 오자 별사탕 같은 노란 꽃을 피우기 시작했다.

아침에 눈을 떠 안방 창문을 열면 토마토 향기가 방안 가득 들어왔다. 몸속의 불쾌감은 지워지고 편안함으로 채워지곤 했다. 지금 사는 집은 베란다가 충분하지 않아 식물을 키우기가 어렵다. 그래서 그때 일이 더 달콤한 추억으로 다가온다. 이제 키우는 대신 토마토를 씻으며 향기를 맡아본다. 진하지 않은 신선하고 깨끗한 향이다.

토마토를 좋아하다 보니 토마토를 이용한 요리도 자주 하게 된다. 스파게티, 라자냐, 토르티야를 자주 했었는데 최근에는 파스타면 없이 먹는 라따뚜이도 시도해 보았다. 가족들은 파스타를 좋아한다.

가격이 저렴할 때는 은근한 불에 부침개를 해 먹어도 색다른 맛이다. 주로 부침개를 할 때는 붉은색보다 푸른색이 많은 토마토를 사서 애호박을 넣는 느낌으로 반죽에 넣는다. 토마토 부침개를 할 때는 떠오르는 영화가 있다. 바로 〈프라이드 그린 토마토〉다. 주인공 여성 잇지는 반항적이지만 솔직하고 인정이 많다. 폭력적인 남편으로부터 친구를 구해내고 함께 카페를 운영한다. 백인과 흑인을 차별하지 않았던 카페는 KKK단의 습격도 받는다. 두 여성의 우정과 사랑이 마을까지 행복하게 만들던 모습이 인상적이었던 영화다. 그렇지만 내가 푸른 토마토 튀김을 해보진 않았다. 영화 속에만 있는 요리로 남겨 두었다. 나는 아직 빨강 토마토에 익숙해서다.

뭐니 뭐니 해도 토마토로 요리할 때는 샐러드가 최고다. 생모짜렐라 치즈와 이탈리안 파슬리를 다지고 발사믹소스에 통후추를 뿌리면 속도

든든해지고 입안에 상큼함이 남는다. 밥처럼 매일 먹어도 질리지 않는 토마토 샐러드다.

여행을 다니다 지방에서 토마토 비닐하우스를 보면 반갑다. 저분들 덕에 내가 살고 있다는 생각이 든다. 저 흙과 물과 햇빛 덕분이다.

태양의 열매 토마토, 태양처럼 변치 말고 나의 하루를 부탁해.

7 전복죽 끓이는 날

전복죽 사진

나는 원래 지극히 평범한 입맛이었다. 된장찌개나 김치찌개에 달걀 프라이와 나물 몇 가지 먹으면 되었다. 하지만 요즘은 체력에 좋은 것, 몸에 좋은 것을 챙기게 된다. 밥이 보약이라는 말을 몸에 새기고 아주 잘 먹진 못해도 부실하게 먹지 않으려고 노력한다. 밥상에 신경 쓰는 것이 나와 가족을 아끼는 일이라는 걸 깨달았다.

건강에 좋은 음식은 여러 가지 있지만 내가 좋아하는 재료 중의 하나는 전복이다. 손질해서 냉동시켜 놓았다가 된장찌개에도 넣고 죽도 끓이고 팬에 버터를 녹여 마늘과 함께 굽기도 한다. 매일 먹는 건 아니지만 한 달에 서너 번은 일부러 챙겨 먹는다. 특히 전복죽은 식구들 아침 식사용으로도 좋고 야식으로도 좋다. 그러나 전복은 가격이 만만치 않다. 시장이나 할인점에서 비교해 보고 산다. 나는 주로 시장에서 사는 편이다.

시장에는 내가 주로 가는 세 군데의 생선가게가 있다. 처음에는 단골 과일가게 옆에서 생선을 샀다. 그러던 어느 날 코로나가 한창일 때 젊은 사람들이 맞은편에 생선가게를 차려 아주 착한 가격에 팔기 시작했다. 그쪽으로 사람이 몰리니 이쪽에서도 목소리 우렁찬 사람들로 직원을 교체한 후 더 할인된 가격으로 생선을 팔기 시작했다. 그리고 얼마 전 한 블록 떨어진 곳에 또 하나의 생선가게가 생겼다. 이번 생선가게에는 상냥한 젊은 여성이 판매를 맡았다.

세 곳의 생선가게마다 그날의 주요 품종이 있다. 어느 날은 이곳은 새우를 싸게 팔고 어느 날은 저곳에서 동태를 할인한다. 또 세 번째 생선가게에 가보면 오징어가 대박이다. 생선가게가 서로 출혈경쟁을 하지 않으려고 이런 방식으로 영업을 하나보다 생각이 들었다. 똑같은 품목으로 서로 경쟁하다 보면 그날 모두 본전에 못 미치는 장사를 할 수밖에 없기 때문이다.

나는 세 곳 중의 한 곳에서 전복을 고른다. 전복은 크기를 보고 사야 한다. 너무 작은 건 손질하는 데 시간만 걸리고 먹을 게 없다. 더군다나 전복은 익으면 크기가 줄어든다. 그러니 아주 최상급 전복은 아니어도 중간 정도에서 전복을 골라 온다. 어떤 때는 세 곳 모두 전복이 비쌀 때도 있다. 그럴 때는 마트의 가격을 확인해 본다. 사전 예약으로 싸게 살 수 있는 곳도 있고 수산 코너만 집중 할인 행사를 하는 시기도 있다.

집에 돌아오자마자 내장을 빼고 씻어서 칼집은 넣어 둔다. 가지런히 담아 냉동시켜 놨다가 식사 준비할 때 쓴다. 전복을 사 온 첫날은 일단 구워서 식탁에 놓는다. 칼집을 넣어 마늘을 볶다가 전복도 같이 익힌다. 쫀득쫀득 맛있다며 접시를 내려놓기가 무섭게 금세 사라진다. 힘들긴 했지만 그런 모습을 보면 웃음이 절로 난다. '오늘은 가족 모두 조금이라도 더 건강해졌겠지.' 하는 마음이 생기면서 뿌듯하다.

서너 개 남겨 둔 전복을 잘게 썰어 죽을 만든다. 채소와 전복을 작게 썰어 볶다가 밥을 넣고 끓인다. 양파, 당근, 호박, 표고버섯이 들어간 전복죽에 김가루를 올리면 훌륭한 한 끼가 된다. 아침 식사로도 좋지만 끓여 놨다가 저녁에 출출할 때 야식으로 먹어도 그만이다. 속은 든든하고 잘 때 거북하지도 않다.

뜨끈한 죽 한 그릇을 놓고 나도 숟가락질을 시작했다. 오늘 하루가 천천히 녹아들었다. 시장에 다녀온 일, 부엌에서 손질하면서 얼굴에 이리 저리 물이 튄 일, 야채를 썰고 밥을 새로 하고 냄비에서 뭉근하게 재료들이 끓어오를 때의 기분을 떠올려 보았다.

부글부글 소리는 늘 새해가 시작될 때의 카운트다운을 연상시켰다. 이제 곧 시작이라는 신호로 들린다. 전복을 잡는 해녀와 양식장에서 전복을 키우는 어민도 이제 저녁상을 물리고 쉬고 있으리라. 우리의 하루는 전복으로 이어졌다.

죽 한 그릇 비우고 나서 오늘도 덕분에 행복하게 잘 지냈습니다. 감사의 기도를 드려본다.

8 자전거 응원가*

버스정류장 문학글판

---

* 이 글은 <오마이뉴스>를 통해 제보된 내용입니다.

페달을 내딛으며

동그라미를 그리기 시작합니다

시원한 바람에

주저하던 마음을 말리고

오늘은 분홍빛 환호성을

귀에 걸어볼까요

송글송글 맺힌 땀방울에

빙그르르 동그라미를 치며

환한 햇살이 칭찬을 하네요

잘했어요, 잘했어

〈2024년 안양문화재단 버스정류장 문학글판 선정〉

   나는 자전거 타기를 즐긴다. 처음 두 발 자전거를 배울 때는 집 근처 중학교에서 배웠다. 자전거는 큰 언니가 배우고 싶다고 해서 친척이 준 것이었다. 언니와 내가 함께 써야 하니 안장이 나에게는 약간 높았다.

자전거에 왼발을 걸치고 오른발은 화단 턱에 대고 있다가 밀면서 올라탔다. 뒤에서 아버지가 잡아주셨는데 발자국 소리가 들렸다. 나에게 앞만 보라고 멀리 보라고 하시던 말씀이 아직도 귀에 선하다. 여름이었고 노을이 지고 있었다. 뒤에서 아버지가 마사토를 밟으며 뛰어오는 소리가 들렸다.

덕분에 비틀거리던 자전거는 어느새 중심을 잡고 속력을 내고 있었다. 이렇게 빨리 달리는데 어떻게 쫓아 오실까 걱정이 들었다. 오고 계시냐고 물었는데 그렇다는 대답이 바로 뒤에서 들렸다. 아버지가 뛰어오는 발소리는 모래가 비벼지는 소리를 통해 들을 수 있었다. 그런데 운동장을 한 바퀴 돌고 다시 화단에 도착했을 때 아버지는 두 손을 놓고 계셨다.

"너 혼자 탔어. 이제 자전거 혼자 타도 돼." 하며 환하게 웃으셨다.

가르치는 건 이런 거구나 생각이 되었다. 혼자 할 수 있을 때까지 함께 하는 거라고.

나의 홀로서기 첫 경험이었다. 그 후로 자유형으로 수영장 끝에 다다랐고 스스로 자취방을 계약했다. 면접을 보고 첫 취업을 하며 그렇게 하나하나 세상을 배워나갔다. 좌충우돌 실패도 했다. 가끔 운도 따랐지만 대부분 힘들게 배움의 결과를 얻었다. 그렇게 조금씩 성장했다.

작은 성취가 디딤돌이 되었다. 꿈을 높게 잡는 것도 좋지만 이뤄갈 수 있는 작은 목표를 잡아보는 것이 더 좋은 것 같다. 작은 성공이 마음을 단단하게 만든다. 예를 들어 일주일에 매일 한 시간 동안 체조하기, 한 달에 두 번씩 등산하기, 마카롱을 만들어 보기, 동태찌개 맛있게 끓여 보기, 손뜨개로 수세미 만들어 보기 등 소소한 성취가 사람을 강하게 만든다.

아이들 키우면서도 자전거는 유용했다. 자전거 뒤에 좌석을 만들어 아이를 태우고 다니기도 했고 소소한 먹거리를 살 때도 썼다. 여기저기 상처가 있다 보니 한동안 자전거 타기가 꺼려졌다. 넘어져서 상처가 덧날까 봐 걱정되었다. 그래서 주로 걷기를 했었는데 자꾸 걷다 보니 주변을 유심히 살필 수 있는 좋은 점도 있었다.

흐르는 물길 따라 잔잔히 빛나는 윤슬, 흰 날개를 펼치고 비행하는 백로, 물속에서 고적하게 서 있는 왜가리와 엉덩이를 펑퍼짐하게 넓히고 물장구치는 오리를 살피는 일이 재미있었기 때문이다. 아침에만 걷는 것이 아니라 저녁 무렵에도 틈날 때마다 하천변을 걸어 다녔다.

걷다 보니, 예전에 빠르고 무심히 지나쳤던 모습들도 친근하고 푸근한 그림처럼 다가왔다. 어느 더운 여름날 안양대교 아래에서 마주한 모습도 그랬다. 이곳에는 장기를 두는 어르신들이 많이 모인다. '무료 와이파이존'이라는 표시를 뒤로 하고 오래된 의자와 평상이 놓여 있다. 석수동 노장들은 짙은 눈썹을 모으고 병사들을 지휘한다. 초나라와 한나라가 격전을 벌이고 장기판 위에 말들이 기세 좋게 적진으로 침투한다. 결과는? 아마 시원한 콩국수로 마무리되지 않았을까.

노을이 질 때면 오래된 아파트의 흰 벽면에 주황색 빛무리가 엷게 번진다. 베란다에 놓인 항아리와 소쿠리, 글자가 흐려진 해진 전기밥솥 박스가 창문을 가리고 있는 모습들이 소박한 살림살이를 꾸리는 주인장의 모습을 그려 보게 했다. 건물의 유리창과 물가에 비친 오렌지빛 반영은 무지개처럼 행운의 신호로 보였고 은은한 저녁 빛이 퍼질 때 꽃과 풀잎도 바람이 없이 살랑이는 듯했다.

이렇게 반복적으로 걸으며 천변을 감상하던 어느 날의 일이다. 흐드러지게 핀 보라색 유채꽃 옆을 스치는 행인의 모습이 물 위에 데칼코마니처럼 비치고 있었다. 어지러운 소음을 걷어낸 고요한 시간이 넌지시 드리워졌다.

그때 한 무리의 사람들이 자전거를 타고 지나갔다. 자전거 바퀴가 다시 햇빛에 반짝이고 "위이~ 잉" 바퀴 소리가 났다. 몇 대가 연달아 지나갔기 때문에 한참 같은 소리를 들었는데 그 순간 자전거 바퀴가 큰 동그라미를 그리고 있다는 생각이 들었다. 지구의 공전이나 달의 자전처럼, 그리고 별들의 운동같이 말이다.

페달을 밟으며 바람을 맞는 순간도, 숨을 들이쉬고 내쉬는 호흡에도 트랙 위의 모든 발자취에 동그라미가 쳐지는 듯했다. 그리고 길 위를 달리는 사람들의 일상이 얼마나 진실한지 깨닫게 되었다.

그날 트랙 위에 있는 사람의 상황은 모두 다를 것이다. 하는 일이 술

술 풀리는 사람도 있을 테지만, 누군가는 오늘 아침에 가족과 말다툼을 했을지도 모르고 취직을 바라지만 아직도 연락이 없어 풀이 죽었을 수도 있다. 무언가 새로운 일을 해볼까 망설이는 사람도 있을 것이고 몸이 아픈 사람들도 바람을 쐴 겸 나왔을 수도 있다. 부모님께 꾸중을 듣거나 미래가 걱정인 학생도 있을 것이다.

이런 무수한 모습들에 모두 동그라미가 쳐지는 것 같았다. 모든 삶의 발자취에 잘하고 있다고 응원을 보내는 듯한 느낌이 들었다. 그렇게 수천수만 가지 행복을 향한 발걸음들이 안양천을 따라 움직이고 있었다.

9 천안역에서 1분간 정차합니다

국수 사진

삽교역에서 장항선을 타고 약 1시간 정도 지나면 천안역에 도착한다. 지금은 사라졌지만 예전에는 천안역에 도착하면 기차가 잠시 멈춘다는 방송이 나왔다.

"이번 역은 천안, 천안역에서 1분간 정차하겠습니다."

잠깐 동안 정차하는 이곳에서 승객들은 특별한 별식을 맛볼 수 있었다. 바로 뜨끈한 가락국수다. 그 맛을 보기 위해 열차가 천안역 플랫폼에 들어서면 매점과 가까운 쪽에 내리기 위해 사람들은 창밖을 보며 위치를 확인했다. 매점은 멀리서도 눈에 띄었다. 작은 증기기관차가 멈춰선 것처럼 김이 퍼지고 주변에 사람들이 모여 있었기 때문이다.

선로를 따라 속도를 줄인 기차가 정차를 준비하면 승객들이 줄을 서서 매점과 가까운 객차로 이동했다. 열차가 완전히 서기 전 매점 바로 앞에서 내릴지, 그곳에 사람이 너무 몰려 있으면 옆 칸에 내려서 빨리 매점으로 달려갈지 마음을 정해야 했다. 마치 바쁜 출근 시간에 지하철을 타고 환승 출구와 가까운 곳에 내리려고 옆 칸으로 이동할 때처럼 말이다.

입구 쪽에 사람들이 천 원짜리를 손에 든 채 재빨리 내릴 준비를 했다. 그리고 매점 앞에 서서 돈을 건네자마자 스티로폼 그릇(지금의 사발면 그릇)에 '가락국수'라고 불리는 우동 면이 담겼다.

천안역 플랫폼의 국숫집 사장님은 1초에 한 그릇도 모자라 두 그릇, 세 그릇씩 판매하셨다. 그리고 사람들은 1분 안에 가락국수를 들고 모두 의기양양해져서 기차 안으로 들어왔다. 우리 아버지도 천안역 매점을 그냥 지나치지 못하셨다. 기차를 타면 은근히 가락국수를 사기 위해 뛰어가는 시간을 기다리셨다.

아버지와 함께 장항선을 탈 때 무궁화호나 통일호를 탔다. 무궁화호를 타면 2시간이 걸리고 통일호를 타면 30분 정도 더 걸렸다. 천안은 서울과 삽교의 딱 중간 정도였다. 천안역이 다가오면 스피커에서 잠시 정차한다는 방송이 나왔다.

그럼 아버지는 "가락국수 먹자!" 말씀하시고는 바람처럼 사라지셨다. 승강장에 매점이 있었다. 김이 펄펄 나는 매점 앞에 사람들이 벌떼처럼 서 있던 모습이 지금도 생생하다. 매점에는 가락국수도 팔고 호두과자도 팔았는데 국수가 제일 인기 있었다. 신기하게도 사람들은 소나기가 쏟아지듯 몰려들었지만 모두 단 1분 안에 가락국수를 사서 탑승했다. 어느 날 아버지와 천안역을 지날 때였다.

"이제 열차가 출발합니다."

하는 방송이 나왔다. 아버지는 아직 국수를 사러 가서 돌아오지 않으시고 기차가 다시 출발하려고 했다. 걱정스럽게 창밖을 보며 남아있는 무리의 사람 중에서 아버지의 모습을 찾았지만 보이지 않았다.

'아이고 아직 매점 앞에 가지도 못하셨네, 이제 곧 열차가 출발할 텐데 괜히 국수 먹고 싶다고 했나 보다.' 하고 속상해하고 있으면 열차가 움직이기 시작했다.

나는 온통 울상이 되어 아버지는 어떻게 되신 걸까 걱정하고 있을 때면 아버지는, '짠' 하고 나타나셨다. 양손에 가락국수 한 그릇씩 들고서 말이다.

'아⋯, 안 먹어도 되는데, 너무 아슬아슬하다.'

나는 맘속으로 생각하고 그릇을 받아서 입에 대기 시작하면 어느새 국수가 입안으로 줄줄이 빨려 들어갔다. 아버지도 젓가락질 서너 번에 가락국수 한 그릇을 다 드시고는 맛있다고 감탄하셨다. 난 어떻게 1분 안에 국수를 사 오셨냐며 날아오신 거냐고 신기해서 아버지께 여쭤보았다. 그러면 더 신나서 웃기만 하셨다. 가락국수 한 그릇은 달리기 시합에서 우승해서 받은 상패처럼 보였다.

나에게 기차란 이렇게 1분 안에 가락국수를 사 오는 곳이다. 출발 시간이 정해져 있는 기차에서 잠깐 내려 곧 떠날지도 모르지만 국수를 사는 모험을 감행하는 곳이다. 설령 기차를 놓친다 해도 가락국수를 먹고야 말겠다는 엉뚱한 생각을 가졌던 아슬아슬한 추억과 낭만이 남아있는 곳이다. 두고두고 그 1분 동안이 평생의 즐거움과 따뜻함으로 남는 곳이다.

예전 가락국수에는 국물과 고춧가루뿐이었다. 오늘 먹은 가락국수는 여러 가지가 들어가 있었다. 지금도 맛있지만 그래도 기차에서 먹었던 추억의 가락국수가 그리워지는 하루다. 특히 아버지는 라면보다는 국수를 더 좋아하셨다. 언젠가 예산시장 뒷골목에 국수 말리는 것을 보고 오셔서 국수 가게를 하고 싶다고 하셨다. 물론 어머니가 펄쩍 뛰셔서 시도도 못 하셨지만 말이다.

10 Waka Waka
(가자 가자)

안양 새물공원 축구장

"5번에 2번."

아이가 수학 문제지 정답을 맞춰 보라는 소리다. 지금 책상 앞에서 서서 문제를 풀고 있었다. 상체가 하는 일, 하체가 하는 일 따로다. 연필을

쥐고 책상에 엎드려 수학 문제를 풀지만 하체는 선 채로 무릎을 한 쪽씩 교대로 접었다 폈다 하면서 "와카와카, 예예."라고 반복하고 있다. 나는 귀찮지만 그래도 숙제를 하는 게 어디냐는 생각에 재빨리 답지를 확인했다.

맞았다고 하면 "싸미나미나 장갈레와"라고 하고 틀렸다고 하면 "아~왜! 싸미나미나 장갈레와"라고 한다. 도대체 이게 무슨 소린지 며칠이 되도록 저러고 있으니 궁금증이 생겼다. 아이는 유튜브에 '와카와카'를 쳐보란다.

검색해 보니 첫 장면에 축구 골대로 골이 들어가는 장면이 나온다. 곧이어 금발의 미녀 가수와 아프리카 여성들이 역동적인 전통춤을 추며 응원곡을 부른다. 이 곡은 2010년 남아프리카 공화국에서 열린 FIFA 월드컵 공식 주제곡이다. 샤키라(Shakira)라는 콜롬비아 가수가 초반에는 영어로 부르고 후렴구에서는 카메룬어로 빠르게 부르는데 발음이 재미있다. '와카와카(Waka Waka)'는 영어로 'walk walk(가자 가자)'라는 뜻이고 싸미나미나 장갈레와(Tsamina mina Zangalewa)는 '행진하자 장갈레와'라는 뜻이었다. 아이의 축구에 대한 열정이 이렇게 번지고 있었다.

불현듯 큰아이가 초등학교에 입학할 무렵이 떠올랐다. 그때 주변의 아이 친구들이 많이들 축구를 시작했다. 스포츠 클럽의 봉고차가 아파트단지에 와서 아이들을 태우고 안양종합운동장이나 인근 대학교로 가서 축구 수업을 했다. 엄마들이 경기장에 자가용으로 같이 가는 경우가 대부분이었고 드물게 직장을 다니면 친한 사람에게 아이를 부탁했다. 나는 둘째가 어려 같이 다닐 엄두가 나지 않았다. 그렇다고 집에 있으면서 아이 혼자 보내기에도 걱정되었다. 다행인지 큰아이도 별로 축구를 하고 싶어 하지 않았다. 그런데 둘째가 지금 우리 집에 축구 열기를 불어넣고 있다.

초봄에 나는 아이에게 학교 방과 후 수업으로 한 가지 운동을 하는 게 어떻겠냐고 권했다. 썩 내키지 않아 했지만 방과후 축구는 친구들과 놀 수도 있었고 재미없으면 중간에 그만두어도 좋다고 말했기 때문에 아이도 알겠다고 했다. 시큰둥하게 시작한 첫 수업이었지만 아주 재미있었던 모양이었다. 집에 돌아오자마자 동그란 스마일 인형으로 백 드래그를 연습하기 시작하더니 틈나는 대로 유튜브에서 축구 경기와 축구 잘하는 법을 시청했다. 그리고 얼마 뒤 다른 초등학교와 하는 친선경기에 선수로 뽑혔다고 좋아했다.

처음 있는 일이라 나도 기뻐서 카메라까지 챙겨서 사진을 찍어 주겠다며 따라갔었다. 1학기 동안 6번 있었던 축구 경기에 빠짐없이 같이 갔다. 그리고 골대 근처에서 서 있다가 다른 팀이 골을 몰고 오면 한 번씩 몸을 날리는 장면을 찍었다. 초반에는 그것도 신기해서 와! 멋지다고 했었는데 횟수가 거듭될수록 의문이 들었다. 왜 다른 애들은 공격도 하고 수비도 하는데 우리 아이는 수비만 할까.

내가 축구를 잘 모르긴 하지만 무언가 많이 이상한 건 사람이란 모름

지기 아무리 자신이 수비를 담당하고 있다고 해도 공이 오면 넣어 보고 싶은 욕구가 있기 마련인데 왜 생각조차 하지 않는 걸까. 정말 운 좋게 마치 골을 넣어 보라고 둘째 아이 앞에 오는 공도 공격수에게 다시 패스를 하는 것이다. 들어가지 않더라도 슈팅을 해보았으면 좋겠는데 국가대표도 아니고 포지션에 너무 매여있는 것 같았다. '다른 아이들은 축구 경력이 오래되고 우리 애는 신참이라 그런 걸까.' 하는 의문이 들었다.

자신의 아이가 골을 넣을 때마다 와! 하고 함성을 지르고 박수를 치는 엄마들 사이에서 나는 계속 필드만 바라보고 있기가 점차 지루해졌다. 슬슬 카메라로 이 사진, 저 사진 찍는 것도 어울리지 않는 행동 같았다.

"엄마는 이제 축구장에 안 올래. 피곤해서 너 데려다주고 집에 갔다가 끝날 때 올게." 말하니 금세 아이의 눈두덩이가 빨개져서는 말했다.

"그럼, 이제 난 가족 여행 안 따라갈 거야. 엄마 혼자 가." 이렇게 말하는 게 아닌가.

아이쿠, 한 방 먹었다. 내가 괜한 말을 했구나 싶고 줏대도 없이 쓸데없는 신경까지 다 쓰고 산다는 생각이 들었다. 아이는 그저 필드에 서 있는 것만으로도 즐거워하는데 말이다.

"뭐? 그건 안 돼! 알았어. 축구장에 있을게."

나는 재빨리 상황을 수습했다.

이제 난 벤치에 앉아서 경기장에서 수비하는 아이를 보며 다른 계획을 세운다. '십 년 뒤 월드컵이 열리면 함께 응원을 가는 거야. 아이가 가면 나도 같이 가야지. 가서 사진도 찍고. 그리고 다른 곳도 구경하고.' 야무진 꿈을 꾸며 이제 나도 열혈 축구 팬이 되었다.

"Waka Waka!"

이야기가 전하는
희망찬 숨

나태주 시인은 '사람들에게 약이 되는 시'를 쓰라고 말했다.
사람을 살리는 말, 사람을 따뜻하게 하는 시,
누군가를 행복하게 하는 시인의 모습을 그려 보았다.

1 욕심 없는 마음을 닮고 싶어, 권정생 동화나라

(안동 일직면 성남길 119)

권정생 동화나라 입구에 있는 '엄마 까투리' 모형

아이들 초등학교에서 '책사랑 어머니회' 회원으로 활동한 적이 있다.

활동 내용은 아침 시간에 저학년 교실에 찾아가 아이들에게 동화책을 읽어 주는 일이다. 똘망똘망한 아이들이 한꺼번에 집중하면 쑥스러워 웃음이 터지려 했다. 숨을 깊게 들이마시고 웃음을 미소로 대신하고 책을 읽기 시작했다.

그때 아이들에게 가장 인기 있었던 책이 권정생 작가의 『강아지똥』과 『엄마 까투리』였다.

"좋은 동화 한 편은 백 번 설교보다 낫다."

권 작가의 말이다.

『강아지똥』에는 오래도록 가슴에 번지는 말이 있다. 바로 '쓸모없는 것은 없다'라는 말이다. 돌이네 흰둥이의 몸에서 나온 강아지똥이 한 말이다. 세상에 더럽고 추해 보이는 강아지똥도 민들레꽃을 피우기 위한 값진 거름이 된다. 잔잔한 감동을 주는 이 이야기가 초등학생에게 큰 인기였다.

안동 하회마을을 거쳐 일직면에 위치한 '권정생 동화나라'로 향했다. 그곳에 가니 아이들 어릴 적 일들이 떠올랐다. 당시 『엄마 까투리』는 EBS에서 애니메이션으로 오랫동안 인기를 누렸는데 우리 집 아이들이 굉장히 좋아했다. 아이들이 초집중하는 방송시청 시간이 엄마인 나의 쉬는 시간이었다. 아이들은 텔레비전 속으로 빨려 들어간 것처럼 숨소리도 들리지 않을 정도로 집중해서 보곤 했다.

'권정생 동화나라'는 예전 일직 남부초등학교가 폐교된 곳으로 안동시 일직면 성남길 119번지에 위치한다. 초등학교 건물에 권정생 선생님의 문학관이 있으니, 이곳 어느 교실에서 『엄마 까투리』를 소리 내어 읽어 주어야 할 것 같은 기분이 들었다.

운동장 곳곳에도 엄마 까투리 조형물이 있었다. 신발장 앞에서 슬리퍼를 갈아신고 들어가자 복도에 있는 아기 까투리 인형들이 손님을 맞았다. 나도 반갑게 인사하고 안으로 들어갔다. 교실에는 방문객이 많았다. 대부분 어린아이와 함께 방문한 젊은 부모들이었다.

나는 복도에 전시돼 있는 작가의 책들을 살펴보았다. 권정생 작가는 몸이 많이 아프셨다고 알고 있는데 굉장히 많은 작품을 남기셨다. 벽면에 적힌 설명을 보니 처음에는 죽기 전에 동화 한 편만 써야지 마음을 먹었는데 계속 동화를 쓸 정도로 건강이 허락됐다고 한다. 얼마나 다행스러운 일인지 나는 작가의 일대기를 읽으며 깊은 감명을 받았다.

권정생 작가는 1937년 8월 18일, 일본 도쿄 시부야 하타가야 혼마치 헌 옷장 수집 뒷방에서, 아버지 권유술과 어머니 안귀순 사이에서 5남 2녀 중 여섯째로 태어났다. 작가가 10살이 되던 해에 두 형만 일본에 남고 식구들이 모두 한국으로 왔다. 처음에는 뿔뿔이 흩어져 살아야 해서 권 작가는 청송 화목국민학교를 5개월 다니다가 안동 일직면 조탑리에 모여 살았다고 한다.

작가는 19살 부산에서 재봉기 상회 점원으로 일하며 『갑돌이와 갑순이』란 동화를 썼다. 이때 결핵을 앓기 시작했고 병세는 점점 심해져서 폐결핵과 늑막염을 거쳐 신장결핵과 방광결핵으로 인하여 온몸이 망가져 평생 오줌통을 몸에 차고 살았다고 한다. 의사로부터 길면 2년, 짧으면 6개월이라는 선고를 받지만 가족에게 짐이 되느니 차라리 죽는 게 낫다고 생각해 죽기를 기도하며 살았다. 그러나 죽기를 각오하면 오히려 마음에 조급증이 없어져 살아지는 걸까. 작가는 71세까지 살면서 많은 작품을 남겼다.

1969년 단편동화 『강아지똥』을 발표하여 월간 〈기독교교육〉의 제1회 아동문학상을 받았다. 이후 『몽실언니』, 『점득이네』, 『사과나무밭 달님』, 『훨훨 간다』, 『비나리 달이네 집』 등 다수의 작품을 남겼다.

권장생 작가는 평생을 가난하고 검소하게 단칸 흙집에서 보냈다. 돌아가시면서 10억이 넘는 돈을 통장에 남기고 어려운 북한 어린이들을 도와달라는 유언을 남겼다고 한다. 권 작가의 욕심 없는 순수한 마음이 학교에 그대로 남아있었다. 문학관으로 꾸며진 학교에서 작가가 동화책을 펼쳐서 아이들에게 읽어 주고 있는 느낌이 들었다.

폐교가 아닌 운영 중인 초등학교도 권정생 동화나라처럼 꾸며졌으면 좋겠다는 생각이 들었다. 요즘 아이들이 워낙 똑똑해서 미리 공부도 많이 하고 어려운 책도 읽지만 행복하지 않은 것 같다. 순수한 마음을 간직하고 있는 것만큼 사람을 행복하게 하는 일도 없다. 마음이 따뜻해야 온몸에 힘이 나서 어려움도 헤쳐 나갈 용기가 생긴다. 아이들이 동화책을 많이 읽어 따뜻한 마음을 잃지 않았으면 한다.

복도에 전시된 권정생 작가의 작품들이 많았는데 그중에서도 추억이 한 아름 달려오는 『몽실언니』 책은 잠깐이지만 펼쳐보지 않을 수 없었다. TV에서 드라마로도 방영된 적이 있어 포대기에 동생을 업고 있는 몽실언니의 모습이 기억난다.

몽실이의 엄마는 경제적 능력이 없는 남편을 버리고 재가한다. 그때 몽실이도 함께 데리고 가는데 새아버지는 몽실이가 열심히 살림하고 동생을 돌봐도 먹을 것을 축내는 것으로만 보였는지 손찌검을 한다. 그때 넘어져 몽실이는 그만 한쪽 다리를 절게 된다. 몽실이는 그 다리로도 새엄마인 북촌댁이 낳은 난남이를 정성껏 돌본다. 6·25전쟁이 나서 아버지가 군대에 끌려가자 구걸도 하고 식모살이도 하며 혼자서 난남이를 돌본다. 그렇게 고단한 삶을 사는 몽실이지만 다른 사람을 미워할 줄 모른다.

"누구라도 배고프면 화냥년도 되고, 양공주도 되는 거여요."

몽실이는 그렇게 말하며 불쌍한 사람들끼리 미워하고 무시하는 일에 반기를 든다. 세상이 점점 각박해져 타인의 단점을 잘 들추는 사람이 똑똑한 사람으로 보인다. 이럴 때일수록 남을 미워할 줄 모르는 사람이 주인공인 동화가 많이 만들어져 세상도 더 따뜻해졌으면 한다.

다음엔 『강아지똥』을 펼쳐보았다. 제목부터 재미있다. 그 안에 담긴 철학도 감탄하지 않을 수 없다. 민들레꽃을 피우기 위해 강아지똥이 애를 쓰는 이야기는 슬프지만 빛난다. 단칸방 흙집에서 홀로 앉아 글을 쓰고 있는 작가의 모습을 그려 보았다. 겨울에 춥고 여름에 더웠을 이곳에서 작가는 무수히 아름다운 글을 썼다. 그동안 나는 내 방이 없어 속상해하고 투덜거리기도 많이 했는데 조용히 머리가 숙어졌다. 언젠가 아이들이 커서 나갈 테고 그때는 지금의 불편함과 소란스러움이 그리워질 것이다.

이제 제일 넓은 방인 거실과 식탁에서 불평하지 말고 글을 써야겠다. 권정생 작가의 생가를 보니 좋은 글을 쓰는 데 장소는 별로 중요하지 않다는 생각이 들었다.

밖으로 나와 학교 주변을 둘러보았다. 엄마 까투리, 강아지똥, 아기 소나무, 복사꽃 외딴집 등 모두 주변에서 볼 수 있는 것이다. 무심히 지나쳐 온 가까운 곳에서 따뜻한 이야기를 찾아낸 권정생 작가의 모습을 닮고 싶다.

권정생 작가의 작품집

권정생 작가의 친필원고

2 메밀꽃 필 무렵 봉평으로, 이효석문학관

(평창군 봉평면 효석문학길 73-25)

평창 메밀꽃밭

매년 9월 초면 봉평에서 '이효석 문화제'가 열린다. 메밀꽃 필 무렵이면 소설의 실제 무대이자 작가의 고향으로 사람들을 불러들인다. 축제의 첫날 문우들과 이곳에 가기 위해 청량리로 향했다. 올해 나의 가방에는 비눗방울 총이 들어있다. 이유는 메밀꽃밭에서 인증 사진을 더 멋지게 찍고 싶어서다.

작년 이맘때도 나는 글을 쓰기 위해서 봉평을 찾았다. 넓은 들녘에 하얀 메밀꽃이 석양의 리듬을 타고 출렁이고 있었다. 천천히 거닐면서 감상하다 보니 어느새 산 그림자는 빠른 걸음으로 내려오고 집으로 돌아가야 할 시간이 다 되었다. 아쉽지만 평창역으로 발길을 돌리려는데 특별한 사람들을 만나게 되었다.

흰 원피스를 맞춰 입은 여섯 명의 여성분이 핸드폰을 건네며 사진을 찍어 달라고 했다. 그들은 모두 머리에 화관을 쓰고 꽃다발을 들고선 마치 여신처럼 꾸미고 있었다. 여신들은 동갑내기 친구로 올해 환갑을 맞이하게 되어 앞으로의 시간을 축복하고자 기념 촬영을 한다고 했다. 그들의 밝은 표정과 활달한 동작이 오랫동안 나의 기억 속에 남았다.

그 일이 계기가 되어 나의 가방에 화관 3개와 비눗방울 총이 자리하게 되었다. 문우들과 같이 문학기행을 가는 것도 큰 이벤트지만 특별한 추억 사진을 찍어보고자 했다.

청량리 대합실에 모인 우리는 커피숍에서 차를 마시며 모두 모일 때까지 기다렸다. 아쉽게도 갑자기 선바위역에서 시위가 있어 오지 못한

문우도 있었고 다행히 아슬아슬하게 다른 교통편으로 갈아타고 온 문우도 있었다. 대체로 아침은 바쁘지만 이날 아침은 더 혼이 빠졌던 것 같다. 잠깐의 시간이지만 아침의 일에 대해 대화를 나누고 출발 시간에 맞춰 승강장으로 이동했다.

2017년 운행을 시작한 KTX 강원선은 역방향 좌석은 없이 모두 순방향이다. 속도가 빨라 청량리에서 평창까지 1시간 남짓해서 도착했다. 평창에서 봉평까지는 축제 기간 동안 빨간색 셔틀이 운행했다. 일행은 셔틀버스를 타고 봉평 시장에 내렸다. 버스 뒷문에 놓인 계단을 밟고 내리자 소설 「메밀꽃 필 무렵」이 시작되었다.

"여름장이란 애시당초에 글러서, 해는 아직 중천에 있건만 장터는 벌써 쓸쓸하고, 더운 햇살이 벌여 놓은 전의 휘장 밑으로 들어와 등줄기를 훅훅 볶는다."
이효석, 「메밀꽃 필 무렵」 중에서

장터의 모습은 물론 소설하고는 많이 달랐다. 초가지붕 대신 흰색 천막으로 만든 부스들이 늘어선 장이 섰다. 막 정오를 지난 시간이라 손님을 맞이하는 곳도 있고 준비하는 곳도 있었다.

일행은 다음으로 남안교를 건너며 흥정천을 바라보았다. 달빛이 환한 밤, 물에 빠진 허생원을 동이가 업고 가던 바로 그 장소다. 하천 폭은 넓지 않았지만 아직도 물살은 세서 물 흐르는 소리가 크게 들렸다.

이어서 물레방앗간이 보였다. 성서방네 처녀와 허생원이 만난 곳이다. 곡식 포대와 옛날 탈곡기, 디딜방아도 있었다. 이곳은 너무 으스스해서 남녀가 서로에게 의지할 수밖에 없었을 것 같다. 물레방아 돌아가는 소리가 자신은 아무것도 못 봤다는 듯이 무심하면서 시원했다.

이제 메밀꽃밭으로 향했다. 봉평 메밀꽃밭은 원래 입장료를 받는데 올해는 가물어 꽃이 많이 피지 않아 무료입장이라고 했다. 멀리까지 와서 꽃이 없으면 아쉽겠다 우려했는데 막상 들어가니 메밀꽃은 충분히 피어 있었다.

입구에서부터 소금이 뿌려진 듯 펼쳐진 메밀꽃밭이 눈에 들어왔다. 소설의 문장 때문일까. 바닷가도 아닌데 비릿한 물가의 냄새가 떠도는 듯했다. 또 이제 피기 시작한 메밀은 줄기는 가늘지만 싱싱한 초록빛이었고 꽃은 뭉게구름처럼 하얬다.

"밤중을 지난 무렵인지 죽은 듯이 고요한 속에서 짐승 같은 달의 숨소리가 손에 잡힐 듯이 들리며, 콩포기들과 옥수수 잎새가 한층 달에 푸르게 젖었다. 산허리는 온통 메밀밭이어서 피기 시작한 꽃이 소금을 뿌린 듯이 흐뭇한 달빛에 숨이 막힐 지경이다."

봉평의 메밀이 장돌뱅이 허생원의 인생 같았다. 그의 인생은 하루하루를 묵묵히 견뎌야 하는 고단한 것이지만 욕심 없이 살다 보니 결국 그리운 인연을 마주하게 된다. 발 디딘 곳부터 먼 곳까지 하나로 하얗게 펼쳐진 메밀꽃은 인연에는 고리가 있어 오늘의 헤어짐도 언젠가의 만남이 된다고 말하는 듯했다.

예전에 메밀은 쌀보다 아래에 있던 곡식으로 보잘것없는 식량이었다. 그럼에도 불구하고 거친 땅에서도 잘 자라 국수나 묵, 전병 등으로 밥상을 풍성하게 했다. 게다가 열매 맺기 전에 하얀 꽃으로 피어 마을 사람들을 흐뭇하게 했으리라. 그러니 작가도 이를 소재로 소설을 썼을 거라 짐작되었다.

일행은 이효석의 달빛 언덕으로 향했다. 이곳은 작가의 생가와 평양에서 살던 '푸른 집'을 재현해 놓았다. 작가는 굉장히 서구적인 삶을 살았지만 향토적인 소설을 썼다. 고향의 풍경을 지켜주고 싶었던 것 아닐까.

달빛 언덕에는 커다란 당나귀 조형물이 있었다. 그 앞에서 기념사진을 찍었다. 일행 중에 사격 솜씨가 좋은 두 분이 비눗방울 총을 쐈다. 비눗방울은 메밀꽃 사이를 지나 가을 햇살을 타고 공기 속으로 떠올랐다. 그 위로 많은 감정들이 이름을 달고 하늘로 날아오르는 듯했다. 수줍은 마음이 메밀꽃 위에 내려앉았다가 비눗방울에 포개졌고 그리움도 추억도 씩씩함도 담겼다. 그리고 방울방울에 꿈처럼 무지개가 맺혔다. 비눗방울은 계속해서 번졌다. 아마도 저 멀리 하늘에 있는 이효석 작가에게도 닿았으리라.

훌륭한 글은 어디에서 나오는 걸까. 문우들은 앞으로 더 깊이 있고 아름다운 글을 남기리라 생각한다. 글을 쓴다는 건 어려운 일이다. 그럼에도 우린 운명처럼 즐거움으로 그 길을 걸어가고 있다.

아참, 추억을 남기려고 했던 비눗방울 이벤트는 정말 특별한 사진을 남겼다. 모두 웃느라 배꼽을 잡았다. 덕분에 멋지지는 않지만 아주 괜찮은 인증샷이 되었다. 메밀꽃 비눗방울은 한참을 두둥실 떠올랐다.

이효석 문학관 동상

3 결혼이 뭐라고…, 김유정 문학촌

(강원 춘천시 신동면 김유정로 1430-14)

김유정 소설 「동백꽃」의 한 장면

경춘선을 타고 김유정역에 내렸다. 기차역에서 나와 문학촌을 향해 걷다 보니 '옛 김유정역'이 나왔다. 이곳은 폐역으로 60~70년대 쓰던 물건들이 전시되어 있었다. 불과 50년 전인데 아주 오래된 골동품들 같다. 대합실로 쓰던 곳에는 석탄 난로와 커다란 양은 주전자가 있었다. 새삼스레 학창 시절 난로에 대한 추억이 떠올랐다. 당번이 되면 아침에 조개탄을 타와 쉬는 시간 틈틈이 불씨가 꺼지지 않게 탄을 넣었던 기억도 있다. 난로 바로 뒷줄에 앉게 되면 아지랑이처럼 피어오르는 열기 때문에 하루 종일 졸음이 밀려왔다. 잠깐의 추억은 뒤로하고 '김유정 문학촌'으로 향했다.

문학촌 입구에 「동백꽃」의 한 장면인 점순이가 주인공의 닭과 제 집의 닭을 싸움시키는 모습이 청동상으로 재현되어 있었다. 김유정 소설에 나오는 동백꽃은 생강나무꽃을 말한다. 옛 어른들은 동백 씨앗에서 기름을 짜 머리에 바르곤 했는데 동백이 자라지 않는 중북부 지역에서는 생강나무 열매로 대신하다 보니 이름까지 따라간 것이라고 한다.

문학촌 안에 있는 전시실에는 김유정의 일대기가 있었다. 그의 성장기와 사랑에 대한 이야기를 그림과 글로 볼 수 있었다. 어릴 때 배앓이를 많이 해서 부모님이 일찍 담배를 피우게 했다는데 그 때문에 폐결핵을 앓는 원인이 되었다고 한다.

대체로 작가라고 하면 달변가에 사람들의 마음을 쥐락펴락할 것 같지만 천하의 이야기꾼도 사랑 앞에선 쩔쩔맸던가 보다. 명창 박녹주를 좋아해서 매일 2통씩 편지를 쓰고 심지어 혈서까지 썼다고 한다. 엉뚱하고 솔직한 청년 김유정이다. 한 번의 사랑이 더 있었지만 그 또한 이루지 못했다. 그가 사랑에 열렬했지만 실패했기 때문에 오히려 소설 속 주인공의 사랑을 행복한 결말로 쓴 것 같다.

문학촌 마당을 돌아보고 오른쪽으로 향하면 '김유정 이야기 집'이 나온다. 작가의 일대기를 그린 그림과 소설의 주요 문장이 있다. 동백꽃, 봄봄으로 잘 알려진 김유정은 1907년 강원도 춘천 실레 마을에서 대지주의 아들로 태어났으나 일찍 부모님을 여의고, 방탕한 형으로 인해 집안이 몰락해 경제적으로 어려운 삶을 살았다고 한다.

문학촌 안쪽으로 더 들어가니 「봄봄」의 한 장면이 청동상으로 있었다. 장독대와 초가집이 앞에 세워진 동상을 보니 정말 실레 마을에서 있었던 일처럼 실감 났다.

김유정 작가의 생가는 잘 보존되고 있었다. 특이하게도 'ㅁ' 자형의 가옥구조였다. 그리고 굴뚝이 지붕에 있지 않고 마당에 있었다. 이유는 아궁이에 불을 떼서 생긴 연기가 방충 효과가 있기 때문이라고 한다. 방문한 날은 마침 불을 은근히 지펴놓은 상태였다. 바닥에 앉으니 따뜻한 온기가 온몸에 전해졌다. 방안에는 재봉틀, 다리미, 화로 등이 있었다. 모두 녹이 슬었고 작가의 생존 당시 쓰던 물건인 듯했다. 옛 정취와 작가의 어린 시절을 떠올리며 잠시 머물러 보았다.

생가에서 밖으로 나와 길을 건너면 '김유정 이야기 촌'으로 이어진다.

소설의 배경이 실제 실레 마을이라 마치 소설 속 인물들이 살아 움직이는 듯했다. 이야기 촌에는 「솥」이라는 작품의 한 장면이 청동상으로 세워져 있었다. 궁금해서 집에 와서 김유정 단편선을 다시 읽었다. 일제강점기 아낙들이 이 고을 저 고을로 술병을 들고 다니며 생계를 이어갔던 모양이다. 이들을 '들병이'라고 불렀는데 그녀들이 여러 작품에 걸쳐 등장했다.

지금으로 따지면 꽃뱀쯤 되려나, 여자들이 생계에 도움이 되는 일을 하기 어려운 시절이었으니 아이와 가족을 위해 들병이로 나섰다. 남편 중에는 반반한 여자와 결혼해 아내가 술을 팔고 몸도 팔아서라도 생계에 도움이 되길 바라는 이도 있었던 모양이다. 이들의 이야기가 「소낙비」, 「솥」, 「안해」 등의 작품에 나와 있다.

들병이 이야기 중에 가장 재미난 것은 「안해」였다. 얼굴도 그리 변변치는 못하지만 아이를 낳고 목소리가 커졌다고 말하는 표현이 재미있다. 하지만 들병이를 해보겠다고 소리를 배우고 담배까지 피우며 폼을 잡는 아내의 모습은 불쌍했다. 처음 아내가 들병이 생활을 시작할 때는 가족을 위한다는 게 있었는데 어쩌다 보니 가정도 파탄 나게 생겼다. 남편도 이제야 정신이 들어 하지 못하게 말리는 내용이 실제 벌어졌던 일처럼 자세히 그려진다.

가을이 시작되는 9월, 나는 실레 마을에서 닭싸움을 구경하고, 콩밭에

금을 캐기 위해 땅을 뒤집던 흙손을 보았으며 술병을 들고 큰 소리로 노래를 뽑아내는 돼지코 새댁의 꿈이 어떠한지 그려 보기도 했다. 살아남기 위해 순간순간 모습을 바꾸는데 사람들의 이야기가 이해되면서도 씁쓸했다.

집으로 발길을 돌리려는데 삶은 감자를 내밀며 "느 집엔 이거 없지?" 하고 약 올리는 점순이의 목소리가 들리는 듯했다. 춘천에서 감자 한 봉지 사 오게 된 이유다.

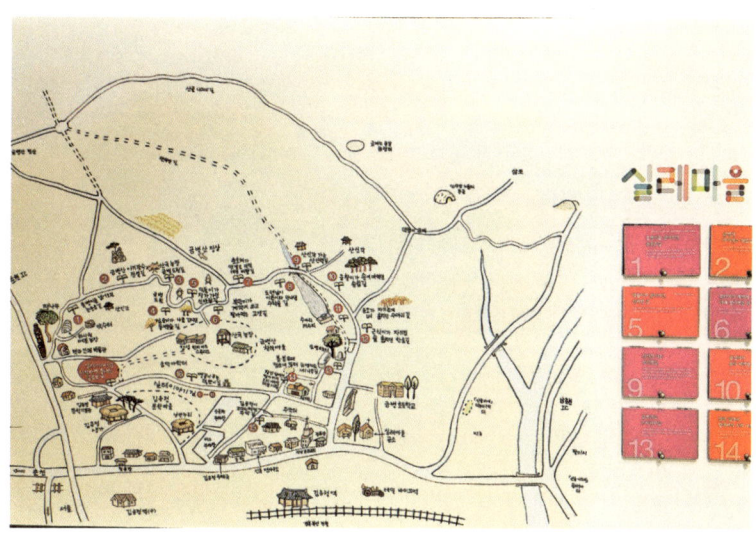

김유정 소설의 배경이 된 실레마을 이야기길

4 한여름 빗소리에 젖고 싶다, 황순원 문학관

(경기 양평군 서종면 소나기마을길 24 산 74)

황순원 문학관 전경

여름이 되면 황순원 문학관에 가고 싶다. 이곳은 양평 읍내에서도 먼 한적한 곳에 있다. 버스 편이 자주 없는 것이 아쉽지만 황순원의 대표작 「소나기」의 명장면을 재현해 놓은 앞마당이 인상적이라 자주 찾게 된다. 수숫단과 분수를 통해 소나기가 내리고 햇빛이 쨍한 날은 무지개도 볼 수 있다.

황순원 작가의 고향은 평안도다. 그는 1946년까지 고향에서 지내다가 이북에서 토지 개혁령이 내려지자 지주계급이었던 가족과 함께 월남할 수밖에 없었다고 한다. 남한에 연고가 없지만 그의 작품 중 가장 사랑을 받았던 「소나기」에 양평이 등장한다. 작품 마지막에 주인공 소녀가 이사를 간 곳이 양평 읍내로 알려진다. 황순원의 소설 「소나기」는 어떻게 전 국민의 사랑을 받게 된 걸까.

첫사랑이 그리운 사람들이 많을 수도 있고 내용이 순수해서 그럴 수도 있다.

"작가는 작품으로 말한다."

황순원 작가가 평소 해오던 말이라고 한다.

작가는 일제강점기와 6.25 전쟁을 겪었다. 혼돈 속에서도 그는 소설 「독 짓는 늙은이」처럼 집념으로 작품을 남겼다. 또 작품 「학」을 통해 알 수 있듯이 이념으로 서로 대립하지 말고 인간성을 회복하길 바랐다.

나는 「소나기」를 읽고 나서부터 여름비를 맞으면 항상 소설 속 주인공이 떠올랐다. 그런 애틋한 추억은 없지만 소나기와 관련된 소박한 추억은 있다. 비 오는 날이면 나는 집에서 언니들과 시간을 보냈는데 그런 우리에게 어머니는 종종 밀가루 반죽을 시키셨다. 세 자매는 넓은 양은 쟁반에 밀가루를 한입 크기로 떼어 펼쳐 놓았다. 어머니는 야채를 넣은 물이 끓으면 반죽을 넣어 수제비를 끓이셨다.

주로 호박과 감자가 곁들여진 김치 수제비였다. 부엌에는 부글부글 국물이 끓는 소리와 빗방울 떨어지는 소리, 풍당 하고 반죽 던지는 소리가 어우러졌다. 둥그런 자개 상에 둘러앉아 소리로 맛을 낸 수제비 한 그릇을 땀을 닦으며 먹던 추억이 있다.

문학관을 돌아보던 중 「별」에 나오는 소년의 마음이 나를 찔렀다. 소설 속 누이의 잇몸은 검다. 소년은 못생긴 누이의 외모가 어머니와 닮았다는 것에 거부감을 느낀다. 소년은 어머니에 대한 동경과 그리움이 컸기 때문에 누이의 못생긴 얼굴을 혐오했으며 누이의 행동도 이해하지 못한다.

「별」을 읽으며 떠오른 사람이 있다. 사회초년생 때 지방의 한 호텔에서 요리사로 일 년 정도 일했다. 그 후 서울의 큰 호텔로 자리를 옮겼지만 사정이 있어 직업을 바꿨다.

지방 호텔에 근무할 당시, 직장생활이 처음이고 부서에서 가장 어렸기 때문에 다들 잘 대해주셨다. 그중에 D 아저씨로 불리는 사람이 있었다. 그는 노총각이고 열심히 일을 했지만 윗사람에게 혼나기 일쑤였다.

주로 준비와 순서에 대해서 혼났다. 예를 들어 냉동고기를 미리 내놓으라고 했는데 그렇게 하지 않았다는 것, 가장 나중에 준비할 야채를 가장 먼저 준비했다는 등으로 지적을 받았다.

그는 작은 키에 검은 얼굴, 자유롭게 배열된 치아를 가지고 있었다. 그래도 돌려 깎기와 과일 장식을 참 잘했고 특히 계란 흰자로 거품을 내야 하는 머랭 만들기는 그를 따라올 사람이 없었다. 작은 일에도 웃기도 잘했는데 그때마다 검은 잇몸과 검은 이가 드러나 눈을 어디에 둬야 할지 모를 때가 많았다.

D는 나보다 한참 선임이었지만 그가 지시하면 나는 딴청을 피우거나 슬쩍 피하기도 했다. 왠지 말을 듣다가 나까지 혼날 거라는 생각이 들었기 때문이다. 그런 나를 그는 별로 뭐라 하지도 않았다. 덕분에 직원들 사이는 다툼없이 늘 순풍이 불었다. 그러나 나는 종종 갈등에 빠졌다. 인물로 사람을 평가하면 안 되는데 나는 아직도 그런 면에서 미숙했다. 만약 그가 보통의 외모를 가졌더라도 지금처럼 말을 안 들었을까 고민하게 되었다. 시간이 지나면서 D도 불쌍하다는 생각이 들었고 나도 같은 처지라고 느꼈다.

입사한 지 거의 일 년이 다 되어갈 쯤에야 나는 D를 선배로 여기게 되었고 마주 보고 대화하거나 웃는 일이 어색하지 않았다. 대신 조금 잔소리가 늘기 시작했다. D가 월급을 다른 직원들과 어울려 술값으로 탕진하는 것에 대해 말하기도 했다.

그러던 어느 날 자주 늦잠으로 지각하는 나는 윗사람에게 혼이 났던 적이 있다. 그러자 D가 자신의 알람 시계를 빌려주겠다고 했다. 나는 일찍 일어나는 습관이 들 때까지만 빌려달라고 했다. D가 다음 날 가져온 알람 시계는 크기가 어른 얼굴만 한 검은색 알람 시계로 소리가 매우 컸다. 멜로디도 마음에 들어 덕분에 일찍 깼고 지각도 하지 않았다.

그렇게 동료로서 의리가 생기기 시작할 무렵이었다. 같은 직원 중에 레스토랑을 개업하게 된 이를 몇 명이 쉬는 날 함께 도와주기로 했었던 모양이다. D는 스테이크 소스를 잘 만들었기 때문에 그쪽을 도와주기 위해서 간다고 했다. 그런데 그만 돌아오는 길에 교통사고가 났다. 그 후 주인에게 돌아가지 못한 알람 시계는 내가 서울로 올라올 때도 함께였다. 신기하게도 시계는 우정을 지키겠다는 듯 배터리를 갈지 않아도 2년 가까이 알람이 울렸다.

D에게 돈을 많이 쓴다고 지적한 일, 웨이트리스 언니들에게 술 좀 그만 사라고 잔소리한 것 등이 다 너무 미안했다. 한참 밑에 직원임에도 말을 잘 듣지 않던 일이 아직도 후회로 남는다. D가 직장생활을 하는 이유는 사람들과 어울리고 싶어서였다는 것을 세월이 한참 흐른 뒤에야 알게 되었다.

황순원 작가는 「별」 속에 소년의 마음을 어떻게 알았을까. 그에게도 인물이 없는 안타까운 지인이 있었을까. 아니면 고향도 못 가보는 이북 출신 작가라는 것 때문에 그만큼 외로움을 겪고 나서였을까. 나는 문학관에 걸린 작가의 사진을 바라보았다. 인간에 대한 애정이 지극한 작가의 눈빛을 오래 담아 두었다.

수숫단 위에 뜬 무지개

5 마법 같은 문장들 혼불, 꽃심 최명희 문학관*

(전북 전주시 완산구 최명희길 29)

꽃심 최명희 문학관 전경

아침 일찍 전주역에 도착했다. 『혼불』10권을 완독 기념으로 최명희 문학관을 찾은 것이다. 국어 교사였던 작가는 수많은 순우리말 단어를

---

* 이 글은 <오마이뉴스>를 통해 제보된 내용입니다.

사용하여 1980년부터 1996년까지 무려 17년간 이 책을 썼다고 한다.

도서관을 다니다 우연히 제목에 이끌려 이 책을 읽기 시작했다. 혼불 첫 권을 읽으며 많이 놀랐다. 아름다운 문장이 마치 혼을 불러들이는 주술처럼 가슴을 훑고 지나갔다. 아쉽게도 혼불은 작가의 죽음으로 미완으로 남았다.

이 소설의 내용은 대략 이렇다. 일제강점기 시절 전북 남원 매안 마을의 양반인 청암 부인은 남편과 시아버지가 없는 종가의 종부다. 가문을 지키기 위해 양자를 들이고 집안은 물론 마을을 이끌며 헌신한다. 이후 손자 강모를 나이 많은 효원과 결혼시켜 대를 이으려 하지만 그는 강실이를 마음에 둔 채 마음을 잡지 못하고 징병과 구설수를 피해 만주로 떠난다. 병으로 청암 부인이 죽자 거멍굴의 상민들은 양반들에게 저항한다. 신분을 높이려는 야망이 있는 춘복은 강실을 범하여 아이를 임신시키고 효원도 홀로 아이를 낳고 문중을 책임지게 된다.

역사 이야기를 하는 부분을 제외하고 대부분의 글이 시처럼 읽혀 자꾸 반복해서 읽게 됐다. 또한 옛 결혼풍습이나 장례문화에 대해 자세하게 쓰여있고 만주에서 고생한 조선인들의 삶도 알려주었다.

전주에 있는 최명희 문학관은 교통편이 좋다. 전주역에 내려 버스를 타고 한옥마을로 향하면 된다. 버스도 자주 있고 인근에 볼거리들이 풍성하다. 전주역에 내리니 파란 하늘 위로 살짝 들어 올려진 검은 처마가 눈에 들어왔다. 혼불 8권에 나오는 '궁문 같은 골기와 검은 지붕'이라는 묘사가 생각났다. 이곳에서 주인공 강모는 일제의 강제 징용을 피해 만주로 떠났다. 잠시 그 모습을 그려 보며 주인공의 독백을 되새겨 보았다.

"그 한순간을 끝끝내 돌이킬 수 없기 때문에 결국 나는 점에 불과한 시간의 티끌을 순간으로 흘려버리거나, 지워버리거나, 없애버리지 못하고, 이처럼 전 생애를 돌이킬 수 없게 되어 버린 채, 낯선 땅, 낯선 시간, 머나먼 곳으로 떠밀리어 흘러온 것일까."

최명희,『혼불』8권 중에서

처음 소설을 접하고 주인공이 왜 이리도 유약할까 생각했다. 그러나 가문을 지켜야 하는 책임과 상민들의 평등에 대한 열망을 모른 척할 수 없어 갈등했을 것이라는 생각이 들었다. 가문을 지킨다는 명분 아래 자신의 기득권을 놓지 않으려는 자와도 인류의 평등을 외치지만 권력을 차지하기 위해 거칠고 무도해지는 사람과도 함께 하고 싶지 않았을 것이다. 작가는 강실이와 청암 부인을 그리워하면서도 고향으로 돌아가지 못하는 강모를 미워하지 않는다. 대신 안쓰러움을 가득 담아 강모의 마음을 헤아린다.

한옥마을은 입구부터 귀한 손님을 맞이하는 듯 작은 전돌이 바닥에 운치 있게 깔려 있었다. 거리에는 한복 체험을 하는 사람들이 많았다. 요즘은 남학생들도 여자 한복을 입는 것이 유행인 듯했다. 뒷모습이 아름다워 쫓아갔다가 앞에서 남자인 걸 알고 깜짝 놀라는 사람도 있을 것이다.

조금 더 들어가니 먹거리가 가득한 골목이 나왔다. 소설 속의 음식 묘사를 한 부분이 떠올랐다.

> "음식이라고 하기에는 애련하다 할까, 난들 난들 묵채를 썰어서 가지런히 놓고 파, 마늘, 참기름에 고춧가루, 깨소금 갖은양념을 다하여 섞은 간장을 얌전하게 얹거나, 다른 음식 웆저지로 살짝 몇 닢 고명 올릴 때, 자칫 스러질까, 먹기도 전에 바라만 보아도 입안에서 녹아 버리는 전주 교동 녹두묵."

> 최명희, 『혼불』 8권 중에서

글을 읽으면서 웃음이 피식 나오지 않을 수 없었다. 음식을 표현하는 말에 장단이 있다. 이렇게도 정성을 들인 작가는 녹두묵을 많이 좋아했을 것 같다.

은행나무 길에는 아주 귀한 나무가 있다. 조선의 개국공신 월당 최담 선생이 귀향한 후 후진 양성을 위해 학당을 세우면서 심은 거라고 한다. 은행나무는 벌레가 슬지 않는 나무로 유생들이 부정에 물들지 말라는 뜻에서 향교에 심었다고 한다.

수령이 600년 된 큰 나무와 작은 은행나무가 자라고 있었다. 오래된 은행나무의 뿌리에서 작은 나무가 올라온 것이라고 한다. 자식이 있는 은행나무라니 신기했다.

시원하게 그늘을 만들고 있는 초록 잎의 은행나무 아래서 사람들은 예나 지금이나 작은 소원을 빈다고 한다. 나도 한 가지 바람을 속삭여 보았다.

은행나무길에서 경기전 방향으로 조금 더 내려와 최명희 문학관에 도착했다.

문학관 입구에는 글을 쓸 때 작가의 마음이 철제로 세워져 있었다.

"웬일인지 나는 원고를 쓸 때면 손가락으로 바위를 뚫어 글씨를 새기는 것만 같은 생각이 든다. 그것은 얼마나 어리석고 간절한 일이랴. 날렵한 끌이나 기능 좋은 쇠붙이를 가지지 못한 나는 그저 온 마음을 사무치게 갈아서 손끝에 모으고 생애를 기울여 한마디 한마디 파나가는 것이다."

혼불이 여전히 모국어의 바다로 불리며 사랑받는 이유는 작가의 고민과 노력의 결과일 것이다.

문학관에는 아담한 뜨락과 독락재(獨樂齋)라고 새겨져 있는 건물이 있었다.

'홀로 있어도 즐거울 수 있다'라는 뜻의 전시관 안으로 들어가니 최명희 작가 생전 모습이 녹화된 영상이 화면으로 나오고 있었다. 작가는 글 쓰는 창작의 고통을 방패연에 비유했다.

작가는 고통스러운 고독의 순간을 견디고 자신만의 작품을 창작하는 순간 희열을 느낀다. 산더미 같은 원고지를 쓰고 다듬으며 우리말과 정신을 지키겠다는 일념이 그녀의 작품에서 먹먹하게 전해졌다.

독자들이 필사한 원고지가 탑처럼 쌓여 있었고 그녀의 작품과 사진이 전시되어 있었다.

마지막으로 겨울쯤 다녀간 듯한 어느 독자의 필사를 읽어 보았다.

"달도 희고, 눈도 희고, 천지도 희어, 한없는 고적을 오히려 서로 비추어 주는 밤은 그래도 얼마나 화려한 것인가."

최명희, 『혼불』5권 중에서

온 세상이 하얀 눈으로 덮인 밤과 달빛이 눈앞에 스쳤다. 우리말 참 아름답다.

『혼불』 4권 15장 〈박모〉 중에서

보름날의 보름달은 누가 보아도 이지러진데없는 온달이지만, 칠흑 속의 먹장 같은 그믐밤에 그 무슨 달이 뜬다고 온달이라고 하는가.

그렇지만 보름의 달은 지상에 뜨는 온달이요, 그믐의 달은 지하에 묻힌 온달이다.

『혼불』5권 7장 〈혼魂불〉 중에서

꽃심 최명희 문학관에 전시된 최명희 작가의 자필 원고

6 쓸쓸해서 울고 싶은 날에는, 기형도 문학관

(경기 광명시 오리로 268)

기형도 문학관

기형도 문학관에 가는 날은 왠지 시든 배춧잎처럼* 발걸음이 무거워진다. 시인이 젊은 나이에 세상을 떠나서이기도 하지만 시어가 무겁기 때

---

* 이 글은 <오마이뉴스>를 통해 제보된 내용입니다.

문이기도 하다. 그럼에도 찾게 되는 이유는 뭘까. 기형도 시인이 어둠과 죽음을 썼다고 느껴지기 때문이다. 세상에는 빛과 그림자, 삶과 죽음이 존재하지만 평범한 사람에겐 죽음과 그림자는 잘 보이지 않는다. 나는 기형도 시인이 다른 사람이 보지 못하는 것을 본 특별한 사람으로 여겨진다.

문학관 1층에는 기형도의 작품과 유품이 정리되어 있다. 학창 시절 똑똑하고 못 하는 게 없었던 듯 상장이 즐비해 있다. 그리고 그의 시가 벽면을 채우고 있는데 읽지 않고 그냥 지나칠 수 없게 배치가 잘 돼 있다. 그의 시 「빈집」을 모티브로 해서 꾸며진 방에 서면, 사랑을 가둬두고 문을 잠근 사나이가 벽 뒤에 쓸쓸히 서 있는 것 같다.

처음 기형도 문학관을 방문했을 때 나는 시인의 시를 많이 읽고 가지 않은 상태였다. 그의 대표작인 「엄마 걱정」, 「안개」 등 몇 편만 알고 있던 터라 문학관에 걸려 있는 시들을 읽고 많이 놀랐던 기억이 있다. 그때 나는 온통 검은색으로 칠해진 세계를 보았다. 느낌이 그랬다. 그곳엔 다른 색이 없었다. 충격에 한동안 그의 시를 읽지 않기도 했다. 하지만 처음에 두려움으로 다가왔던 그의 시에서 어느 순간 연민을 느꼈다. 가슴 속에 번져오는 절망을 마주 보며 그걸 시로 만들어야 했던 그는 얼마나 고독했을까.

내가 기형도의 시집을 읽는 날은 아주 쓸쓸한 날이다. 드러내 보일 수 없는 슬픔은 누구나 있기 마련이다. 시인의 시는 나의 벗겨진 상처에 몸을 비비는 것처럼 느껴진다. 읽을 때마다 아프고 쓰라리다. 시인이 나에게 이렇게 말하는 것 같다.

"그래, 울어도 돼, 그건 분명히 아픔이고 상처야."

내가 어떻게 나을 수 있냐고 물으면 시인은 답이 없다. 고통을 정면으로 마주하는 용기는 스스로 찾아야 하나 보다.

기형도 시인은 1960년 경기도 옹진군 연평리에서 3남 4녀 중 막내로 태어났다. 초등학교 입학 전 경기도 광명으로 이사를 하여 그곳에서 자랐다고 한다. 아버지가 지은 집은 안양천을 따라 둑방길이 이어진 곳에 있었다. 그의 시에도 자주 등장한다. 그는 연세대 재학 중 '연세문학회'에 참여했다. 또 안양에서 군 생활을 하면서 '수리시 동호회'에서 활동했는데 '안양다방'에서 자주 모임을 가졌다고 한다.

기형도 문학관의 1층 스크린에서 당시 함께 문학 활동을 하던 사람들의 기형도를 추억하는 영상을 볼 수 있었다. 기 시인은 실제로 상당히 쾌활하고 어울리기 좋아하는 성격이었다고 한다. 시인을 기리는 추도문집인 『정거장에서의 충고』에서도 지인들은 그를 굉장히 유쾌한 사람으로 기억하는 것을 알 수 있다.

선한 눈매를 가진 해사한 얼굴의 그 청년은 목소리도 부드러운 서울 사람이었다. 경상도에서 갓 올라와 기죽지 않으려고 목에

힘을 잔뜩 주고 있던 내게, 형도의 수다는 꽤 성가셨다. 게다가 "그랬니? 안 그랬니?" 하는 서울 말투는, 지금은 내 스스로도 믿을 수 없을 정도로, 너무나 여성적으로 들려서 거슬렸다. 하지만 그가 어느 날 술자리에서, 송창식의 것이었던가, 노래를 한 곡 했을 때 나는 단박에 녀석을 좋아하게 되었다.

이영준, 『정거장에서의 충고』 중에서

하지만 시인의 가슴속에는 시로밖에 풀어낼 수 없는 아픔이 있었던 듯하다. 문학관 1층 곳곳에서 깊은 어둠을 헤매는 시인의 무거운 발걸음이 느껴졌다. 2층으로 올라가면 북카페와 독서 공간이 있다. 북카페에서 엽서 쓰기 등의 활동을 할 수 있고 독서 공간에서 기형도 시인의 시집은 물론 다양한 서적들을 읽을 수 있다. 나는 기형도의 유고 시집인 『입 속의 검은 잎』을 꺼내 들었다. 표지의 제목도 묵직하다. 절망적인 단어들이 이어지니, 무서운 영화를 보는 것처럼 심장이 두근거린다. 열린 무덤에서 잡아당기는 느낌이 들어 시인이 무섭고 불쌍하다. 어둠에서 빛을 찾으려고 했던 몸부림이 안쓰러웠다.

기형도의 대표작 「안개」를 표현한 설치 미술 작품

안양천을 거닐며 썼다고 하는 「안개」를 읽었다. 안양천이 지나는 서울 영등포구, 금천구, 구로구, 안양시, 군포시, 의왕시에 예전에는 공장이 참 많았다. 하천 오염이 심했고 공장 매연도 마찬가지였다. 파괴된 환경 속에서 사람들의 삶도 불안하고 위태했을 것이다. 이곳을 지나던 시인의 어둡고 창백한 마음이 시에서 느껴진다. 영혼을 빼앗긴 듯 공장으로 향하는 무표정한 사람들의 모습도 잘 나타나 있다.

아침저녁으로 샛강에 자욱이 안개가 낀다.

이 읍에 처음 와본 사람은 누구나
거대한 안개의 강을 거쳐야 한다.
앞서간 일행들이 천천히 지워질 때까지
쓸쓸한 가축들처럼 그들은
그 긴 방죽 위에 서 있어야 한다.

기형도 「안개」 중에서

기형도 시인의 시 중 「전문가」라는 시 한 편은 작은 그림책으로도 나와 있었다. 권력을 가진 자들이 대중을 교묘히 이용하고 현혹하고 길들이는 방식이 시에 잘 나타나 있었다. 유리처럼 날카로운 시선과 그 표현력에 감탄했다. 그림도 시와 잘 어울렸다.

집으로 돌아오는 길에 나는 두어 정거장 앞에 내려 안양천을 따라 걸었다. 왜가리 한 마리가 발을 담그고 낚시질하는 모습을 보았다. 기형도 시인이 살 때 찾아오지 못하던 새들이 지금은 다시 오고 있다. 백로 한 마리는 슬픈 시간을 살았던 시인을 기억하는 듯 날갯짓이 느릿느릿하다.

7 의연함이 전해지는, 만해 문학 체험관

(충남 홍성군 결성면 만해로318번길 83)

홍성군 결성면 만해 문학 체험관

　친정아버지의 고향은 홍성이다. 연세 드시고는 고향에 거주하시면서 예산 산기슭에서 농사를 지으셨다. 아버지가 돌아가신 후로도 나는 자주 홍성에 간다. 그때마다 고향의 독립운동가를 자랑스러워하시던 아버지의 모습이 떠오른다.

홍주읍에 세워진 김좌진 장군의 동상을 보며 말을 타고 만주벌판에 가서 일본군을 혼내주신 독립운동가라며 자랑스러워하셨다. 그리고 한용운 시인은 서대문형무소에서 옥고를 치르면서도 '독립선언서'를 쓰신 훌륭한 분이라며 그분의 시도 좋아하셨다.

한용운 시인을 기리는 문학관은 남한산성에도 있고 백담사에도 있다. 그리고 그가 태어난 홍성군 결성면에 만해 문학 체험관과 생가지가 있다. 만해 한용운은 시인이자 독립운동가이고 불교계의 개혁을 위해 힘썼던 승려이다. 그는 기미독립선언서 작성했으며 친일로 돌아선 최남선, 이광수 등과는 다른 절개를 보여주며 항일의 뜻을 굽히지 않았다.

만해 문학 체험관으로 향하는 도로 곳곳에 하얗게 이팝나무가 피어오르고 있었다. 소나무 숲으로 둘러싸인 만해 선생의 생가지를 먼저 찾았다. 그가 태어난 작은 초가집이 복원되어 있었다. 비록 초가에 살지만 큰 업적을 남긴 위인의 어린 시절을 그려 보았다. 이제 만해 체험관으로 향했다. 전시실에서 독립을 위해 노력했던 그의 흔적을 만날 수 있었다.

1879년 8월 29일, 한용운은 한응준의 둘째 아들로 태어났다. 넉넉한 집안은 아니었으나 한용운의 아버지는 국가와 사회를 위해 헌신하는 옛 의인들의 행적을 늘 자녀들에게 들려주었다. 그러한 영향으로 한용운은

"나도 그렇게 훌륭한 사람이 되었으면" 하는 생각을 했었다고 한다.

6세 향리의 사숙에서 한문을 배웠고, 9세 『서상기』, 『통감』, 『서경』을 독파하는 등 신동이라는 말을 들었다. 16세부터는 서당에서 아이들을 가르쳤다. 14세 때 전정숙과 혼인하였으나 위기에 빠진 나라를 구하기 위해 집을 나왔다. 가족을 두고 선택한 길이었고 아들의 존재는 나중에 알았다고 한다. 아들의 이름은 한보국이다. 이후 장성하여 아버지를 선학원으로 찾아갔으나 냉정하게 돌려 보냈다고 한다. 의무적으로 한 결혼이어서 그랬던 것인지 아니면 일제의 탄압 속에서 위험한 독립운동을 해서 그랬던 것인지 알 수 없다고 한다.

집을 나온 한용운은 동학농민운동에 가담했다. 하지만 같은 시기 부친인 한응준이 1984년 12월 5일 참모관에 제수되어 동학농민운동 진압 중 전사했다. 이러한 상황이 한용운이 출가하게 된 원인으로 지목된다.

이에 대해 한용운은 "불같은 마음으로 한양 가던 길을 구부리어" 불도를 닦기 시작했다고 말한다. 그는 월정사와 백담사 등지를 전전하다가 1905년 백담사 주지 연곡 스님을 은사로 불문에 귀의한다.

한용운은 조선 불교의 개혁자였다. 1910년 백담사에서 탈고한 『조선불교유신론』을 통해 조선 불교가 맞닥뜨리고 있는 당대의 현실을 타개하려는 노력을 기울였다.

1918년 불교 잡지 〈유심〉을 창간하여 불교의 개혁과 혁신을 주장하였고 1919년 3.1 운동을 주도하여 민족 대표 33인의 한 사람으로 참여하였다. 그는 실천하는 종교인이었으며 나라의 상황을 외면하지 않았다.

1920년 3월 창간된 〈조선일보〉에 한용운은 자주 다수의 논설을 게재했고 그의 첫 소설 「흑풍」이 연재되었다고 한다. 이때 그는 자신의 문장은 유창하거나 묘사가 훌륭하지도 않고 오직 독자들에게 한번 알리었으면 하는 것을 알리게 된 데에 지나지 않다고 말했다고 한다. 이후에도 4편의 소설을 더 발표하였다.

1926년 한용운은 『님의 침묵』을 간행한다. 그는 3년여의 옥중 생활을 마치고 88편의 시를 정리했다. 전시관에서 읽어 보는 그의 시는 더욱 절실하게 마음에 와닿았다. 그토록 바라던 독립을 보지 못하고 잠들어 너무나 안타깝다.

체험관 밖으로 나오니 마침 내포문화진흥원에서 '만해 생가 가볼 만해'라는 행사를 하고 있었다. 아이와 같이 방문한 터여서 아이는 한용운 시인 시집 만들기 행사에 참여하고 태극기 스트링아트 체험도 했다.

아이가 체험하는 동안 나는 뒤쪽 소나무 숲을 돌아보았다. 그곳엔 우리나라 시인들의 작품이 커다란 바위에 새겨져 있었다. 민족을 위해 나라를 위해 피로 써내려 글귀가 가슴을 뭉클했다. 소나무 숲에서 노루 한 마리가 후다닥 뛰어나와 인사를 했다.

나는 나룻배

당신은 행인

당신은 흙발로 나를 짓밟습니다

나는 당신을 안고 물을 건너갑니다

나는 당신을 안으면 깊으나 얕으나 급한 여울이나 건너갑니다

만일 당신이 아니 오시면 나는 바람을 쐬고 눈비를 맞으며,

밤에서 낮까지 당신을 기다리고 있습니다

당신은 물만 건너면

나를 돌아보지도 않고 가십니다 그려

그러나 당신이 언제든지 오실 줄만은 알아요

나는 당신을 기다리면서

날마다 날마다 낡아갑니다

나는 나룻배

당신은 행인.

한용운 「나룻배와 행인」 중에서

홍성군 결성면에 위치한 만해 한용운 생가를 재현한 모습

치유의 하루, 맑은 숨 쉬다

8 마음을 비추는 거울, 윤동주 문학관

(서울 종로구 창의문로 119)

윤동주 문학관의 전경

'윤동주 문학관'은 내가 하루 여행을 시작하게 된 계기를 마련해 준 곳이다. 봄이 얼마 남지 않았던 어느 겨울날, 갑자기 포근해진 날씨에 나는 집에 있기가 답답했다. 그때 마침 집으로 배송된 한 잡지에 윤동주 문학관이 실려있었다. '그래 바로 여기야!' 하는 느낌이 들었다. 서둘러 아이들 점심을 차려주고 지하철을 탔다. 집 밖으로 나오려면 자꾸 무언가 할 일이 생긴다. 문을 열고 나오는 게 가장 어려운 과정이다.

얼마 전 이준익 감독의 영화 〈동주〉를 보았다. 윤동주의 생애가 영화에 잘 나타나 있었다. 윤동주는 사촌인 송몽규와 항상 같이 다녔다. 송몽규는 똑똑하고 리더십이 강한 사람으로 일찍부터 독립운동을 활발히 했다. 윤동주와 송몽규는 문학을 좋아했고 같이 글을 쓰며 다녔다. 윤동주는 활동적인 스타일은 아니었으나 항상 송몽규를 지지했다. 그의 시 「자화상」을 보면 윤동주 시인은 죄의식을 갖고 있었던 것 같다. 송몽규처럼 나라를 위해 행동하지 못한 것에 대해서 그리고 더 크게 목소리를 내지 못한 것에 대해서 괴로워했던 것을 느낄 수 있다. 일제강점기는 함부로 조선말을 할 수조차 없던 시기였다. 그 시기에 모국어로 시를 쓰는 시인은 얼마나 고민이 많았을까.

나는 지하철에 서서 길 찾기 검색을 통해 버스노선을 확인했다. 윤동주 문학관은 종로구 부암동 인왕산 자락길 초입에 있었다. 종각역에 내려서 버스를 탔다. '자하문고개, 윤동주 문학관'에서 하차하면 어렵지 않게 찾을 수 있었다. 정류장 맞은편에 직사각형 건물이 눈에 들어왔다. 이곳은 예전 '청운 수도 가압장'으로 쓰이던 곳이라고 한다.

문학관은 2층으로 단출하게 지어졌다. 외벽은 시인의 맑은 성품처럼 희고 깨끗했다. 입구 정면에 연희 전문 입학 당시의 윤동주의 얼굴이 보였다. 전시관 입구가 2층이고 지하로 내려가면 1층이 되는 구조였다. 전시관의 1, 2, 3관이 있다. 1관에 윤동주 시인의 생전 사진, 친필원고와 작품이 전시돼 있다. 오래된 누런 종이 위에 윤동주의 필체가 담긴 시를 여러 편 볼 수 있었다. 특히 일본 교도소에서 옥고를 치르면서 쓴 「팔복」이라는 시가 작은 종이에 세로로 가늘게 적혀 있었다. 후쿠오카 감옥에서 고통을 견디던 시인의 생명이 글씨처럼 아슬아슬하게 종이 위에 흔적을 남기고 있었다.

1관에는 시인 생가에 있던 우물을 수리하는 과정에서 나온 목재 널 유구로 만든 우물이 있었다. 사각형의 우물은 오래된 나무판이 네다섯 개가 포개진 것이다. 늘 원형의 우물만을 생각하고 있었는데 중국에 있던 시인의 생가에서는 사각형이었던 모양이다.

2관은 물탱크가 있던 자리를 개조한 곳으로 윗부분을 개방하여 하늘이 보였다. 아주 큰 우물 안에 들어온 느낌이 들었다. 위를 보니 높은 벽 위에 구름이 걸쳐있다. 바깥세상과 내가 있는 곳의 구분이 확연히 느껴졌다. 그리고 시인이 후쿠오카에서 감옥 생활을 했을 때가 그려졌다. 밖으로 나가고 싶어도 높은 철조망으로 막힌 곳에서 가끔 하늘을 보며 견뎠을 것을 생각하니 마음이 아팠다.

3관이 상영관이고 2관은 상영관으로 가는 연결 통로 역할도 한다. 3

관에서 시인의 일대기를 영상으로 보여주었다. 관람객들은 조용히 관람하고 빠져나가기를 반복했다. 윤동주 시인의 일생을 보는 것만으로도 숙연해지고 가슴 한 귀퉁이를 찌르는 듯한 느낌이 들었다.

상영관을 나오면서 우물 속에 한 사나이를 그려 보았다. 일제강점기만 아니었다면 시인은 아름다운 시를 얼마나 많이 남겼을까. 릴케, 프랑시스 잠과 네루다처럼 말이다. 6개월만 더 버텼다면 얼마나 좋았을까. 천재 시인의 죽음이 더없이 안타까웠다.

아이처럼 순수하기만 했던 시인의 시를 다시 읽으며 나는 시인의 언덕으로 향했다. 윤동주 시인은 어린 시절 나에게 많은 위로를 안겨 주었는데 아이 엄마가 된 후에도 나에게 다시 따뜻한 손을 내밀어 주었다.

이날부터 나는 하루 여행을 시작했다. 하루 동안 시간을 내어 나를 충전하기로 마음먹은 것이다.

윤동주 문학관 2관

시인의 언덕에 새겨진 서시

반딧불

윤동주

가자 가자 가자
숲으로 가자
달 조각을 주우러
숲으로 가자

그믐밤 반딧불은
부서진 달 조각,

가자 가자 가자
숲으로 가자
달 조각을 주우러
숲으로 가자

9 자세히 보니 시도 예쁘다, 나태주 풀꽃 문학관

(충남 공주시 봉황로 85-12)

나태주 풀꽃 문학관 신관

오래전부터 '나태주풀꽃문학관'에 가보려 했지만 이제야 나서게 되었다. 내가 시를 쓰기 시작한 계기는 '제5회 대림성모병원 핑크스토리 창작시 공모전'에서 대상을 받게 되면서부터다. 당시 심사위원이 나태주 시인, 유자효 시인, 이해인 수녀님이었다.

평소 존경하던 분을 뵐 수 있는 기회였지만 여러 가지 이유가 있어 시상식에 가지 못했다. 아이들도 어렸지만 가장 큰 이유 중 하나는 당시 나는 유방암 4기가 회복이 가능한 건지 몰랐다. 앞으로 더 건강이 악화될 거라고만 생각했다. 내 건강 상태에 자신이 없었다. 앞으로 병세가 심해지거나 죽기라도 한다면 환우들에게 용기를 줘야할 입장에서 절망적인 소식을 전하게 될까 봐 두려웠다. 비록 시상식에는 참석하지 못했지만 당시 나는 수상을 하고 크게 힘을 얻었다. 세 분의 작품을 찾아 읽으며 감사의 마음을 가슴에 단단히 새겼다. 더 회복되면 풀꽃문학관에 찾아갈 생각이었다.

나태주 시인의 산문집을 읽다 보면 문학관에 방문한 사람들과 얘기를 많이 나누는 듯했다. 책을 읽어 보면 관람객은 대답도 참 잘했다. 만약 나에게 어떻게 오게 됐냐고 물으면 뭐라고 대답해야 할까. 그때를 대비해 답변을 생각해 보기도 했다. 하지만 이런저런 이유로 차일피일 방문이 늦어졌다.

그런데 이번 여름 풀꽃문학관 신관이 개관했다는 뉴스를 접하게 되었다. 이제 질문이고 답변이고를 떠나서 얼른 다녀와야겠다는 생각이 들어 집을 나섰다. 노시인이 기뻐하고 있을 걸 생각하니 나도 절로 힘이 솟았다.

공주터미널에서 시내버스를 타고 대여섯 정거장만 가면 풀꽃문학관 인근에 도착했다. 버스노선에 따라 공주농협이나 중동사거리에서 내려 약

15분 정도 걸어가면 된다. 문학관 초입에 예전의 풀꽃문학관이 보였다. 이곳은 이제 잠겨 있었다. 아쉽지만 새로 지은 문학관 신관으로 향했다.

외관이 옛 성벽을 연상시켰다. 들어가는 입구는 지하 1층이었다. 사물함에 짐을 넣고 엘리베이터를 타고 2층으로 올라갔다.

2층에는 앉아서 문학관 정원을 보며 나태주 시인이 추천하는 책을 읽을 수 있는 공간이 있었다. 당일에는 박노해 시인과 정채봉 작가의 책이 전시되어 있었다. 그 옆으로 다양한 체험을 할 수 있는 코너가 마련되어 있었다. 6가지 질문에 답을 적어 벽에 기와 풀꽃편지함 편지 보내기 등이 있었다.

질문지의 물음은 모두 6가지였다.

무엇이 가장 힘든가요? 그리고 그 어려움을 어떻게 해야 할까요?
지금 가장 보고 싶은 사람은?
당신의 마음속 별은?
무엇이 당신에게 행복을 주나요?
당신의 삶에서 가장 가치 있다고 생각하는 것은?
여행 가고 싶은 곳과 그 이유는?

나는 가장 보고 싶은 사람에다 답을 적었다. 방문객들은 이곳에 온 것을 기념하기 위해 테이블에 앉아 이곳에 자신의 이야기를 남겼다. 그런데 대부분의 방문객들이 작은 시집을 갖고 있었다. 나는 시집은 어디서 받냐고 물어보니 나태주 시인님이 계속 다니시면서 나눠주신다는 거였다.

나도 만날 수 있겠다는 기대감이 생겨 '오래 보아야겠다고 마음먹었다.

1층으로 내려가 보니 나태주 시인의 일대기가 한쪽 벽면에 있었다. 박목월 시인이 주례를 맡아 결혼한 사진을 오랫동안 바라보았다.

교과서에 나오는 시 '청노루' 시를 외우던 일이 떠올랐다. 그리고 젊은 시절 나태주 시인과 부인의 모습을 보며 시를 쓰며 살아온 시간을 느껴보았다. 그동안 출간된 책을 보고 있는데 한 무리의 사람들이 우르르 몰려왔다. 그 안에서 목소리를 내고 있는 사람이 바로 나태주 시인이었다. 나도 무리에 섞여 시인은 말에 귀 기울여 보았다.

"생텍쥐페리의 어린 왕자 서문을 보세요. 어른들은 누구나 처음엔 어린이였다. 그러나 그걸 기억하는 어른들은 그다지 많지 않다."

시인은 아이들은 모두 시인이라고 말했다. 아이들은 '촛불을 보고서도 아 맛있다고' 하고 새를 보고 '엄마, 어디 갔니? 내가 놀아줄까?'라고 물어본다고 했다. 이유는 아이들은 타자에 대한 인격화가 되어있다고 했다. 생명이 있건 없건 타자를 인격화하면 때리면 아프겠다고 생각하고 혼자 있으면 외롭겠다고 생각한다고 했다.

한쪽 벽면에 시인을 그린 작품이 있었다. 하나는 자전거를 타는 시인의 뒷모습을 금속으로 표현한 작품이었고 하나는 풀꽃 밭에 앉아 있는 시인의 앞모습이 있었다. 옆으로 시인의 저서 250권가량이 있었다. 그 앞에서 우리는 책의 제목을 읽고 표지를 살폈다. 아름다운 말들이 양식이 되었는지 맛있는 것을 먹었을 때처럼 입에 침이 고였다.

나태주 시인의 시로 만든 시인의 얼굴

문학관 투어가 끝나고 시인과 사람들은 정원으로 나갔다. 풀꽃 시비가 있는 곳에서 관람객들과 사진을 찍었다. 시인은 잔기침을 하면서도 사람들과 끝까지 사진을 찍었고 나도 기념사진을 남겼다. 자택으로 돌아가는 시인을 눈으로 배웅하고 다시 문학관으로 들어가 보았다.

1층에 있는 '풀꽃상점'에서 시인이 남긴 영상을 볼 수 있었다. 영상 속에서 문학관은 오늘날 지치고 힘들고 이지러진 마음을 가진 고달픈 사람들이 와서 쉬어가는 휴식의 공간이고 마음을 바꿔 가는 힐링 공간이라고 말했다.

나태주 시인은 자신의 일생은 마이너를 메이저 바꾸는 일생이라고 말했다. 시인은 초등학교 교사 생활을 한 것도 마이너지만 그게 시 쓰는 데 도움이 됐다고 말했다. 아이들과 대화하듯 쉽고, 간결하고, 평이한 어법으로 시를 쓸 수 있었다고 말했다. 나태주 시인의 시는 어렵지 않다. 그리고 한참을 시 옆에 머물게 만든다. 꽃을 만난 듯 내 마음속에 시가 확 안겨든다. 그래서 시가 사랑스럽다.

영상을 통해 나태주 시인은 '사람들에게 약이 되는 시'를 쓰라고 말했다. 사람을 살리는 말, 사람을 따뜻하게 하는 시, 누군가를 행복하게 하는 시인의 모습을 그려 보았다. 나태주 문학관은 정원도 아름다웠다. 아기자기한 꽃들이 많이 피었는데 검은 제비나비 한 마리가 정원을 돌아다녔다.

시인은 이곳에 한 번 오고 마는 것이 아닌 여러 번 오라고 말했다. 이곳에 오는 편한 교통편을 알아두었으니 이제 힘들 때 방문해서 위로받기로 했다. 주변으로 조촐한 음식점과 카페도 있었다. 문학관 인근에는 공주 문화원과 세무서 그리고 공주사대부설 중고등학교가 있어 교통편과 편의시설이 잘 갖춰져 있었다. 앞으로 많은 분들이 방문해 강연도 듣고 시를 접하는 공간이 되었으면 한다.

시인의 얼굴 형상을 시속의 단어들로 만들어 놓은 특이한 작품도 있었다. 다 좋은 말이지만 그중에 '말 한 송이의 따뜻함'이라는 문구가 가장 맘에 들었다. 내 삶 속에 피어있는 따뜻한 말 한 송이를 찾는 하루하루를 보내야겠다고 다짐했다.

나태주 풀꽃 문학관 본관

10 빨간 행성과 노란 수선화, 정호승 문학관

(대구 수성구 들안로 403-1)

정호승 문학관

가을이 성큼 다가왔다. 갑자기 추워지면서 낙엽이 우수수 떨어졌다. 많은 사람들에게 둘러싸여 있을 법한 유명한 시인도 외롭다고 하니 내가 외로운 건 당연한 걸까. 정호승 시인의 「수선화에게」 한 구절이 떠올랐다. 「수선화에게」는 시 낭송 자리에 가면 자주 낭송되는 시이다. 듣고 있으면 커다란 종소리가 들리는 것 같다. 정호승 시인의 시집을 만지작거리다가 대구로 향했다.

기차 안에서 정호승 시인의 시로 만든 노래를 떠올려 보았다. 안치환이 부른 〈우리가 어느 별에서〉, 이동원의 〈이별 노래〉, 김광석의 〈부치지 않은 편지〉, 유익종의 〈아무도 슬프지 않도록〉 등 여러 곡이 떠올랐다. 특히 〈우리가 어느 별에서〉는 학창 시절 나도 많이 불렀던 곡이다. 가사가 참 아름다워서 확인해 보니 정호승 시인의 시였다.

정호승 문학관은 대구 수성구 범어동에 있고 경부선 대구역에서 버스나 지하철을 이용해 30여 분이면 도착한다. 번화한 골목 사이로 들어가면 눈에 확 띄는 빨간색 2층 건물이 보인다. 바로 정호승 문학관이다. 사람들은 별이고 시인이 있는 이곳은 태양일까. 건물의 붉은색을 보니 이내 마음이 밝아졌다.

건물 안은 벽면은 흰색이었다. 흰 눈이 쌓인 길을 걷는 느낌이 들었다. 1층은 북카페였다. 한쪽 벽면에 정호승 시인의 책이 진열되어 있고 정면에는 다른 작가의 작품집이 있었다. 카페의 이름은 'NAKTA'였다. 카페 이름 위에 낙타의 그림이 있었다. 사막을 걷는 낙타의 이미지가 시인을 닮았다는 생각이 들었다. 시를 쓰기 위해서는 사색하는 시인의 고독한 모습이 그려졌다.

전시실은 2층에 있었다. 계단을 오르는 길에 '사람은 누구나 시인이다. 그 시를 내가 대신해서 쓸 뿐이다.'라는 문구가 계단 벽면에 적혀 있어 작은 감동을 주었다.

시인은 사람들 마음을 위로하며 마음속 아름다움을 들여다보게 하고 모든 자연은 나름의 방식으로 시를 쓰고 있다고 생각됐다. 농부는 성실한 발걸음으로 나무는 울창한 잎사귀와 시원한 그늘로 새들은 하늘을 가르면서 말이다.

정호승 시인은 경남 하동에서 태어나 초등학교 입학 전 대구로 이사를 했다. 현재 문학관이 위치한 인근인 범어천 옆에 살았다고 한다. 이곳에서 삼덕초등학교, 계성중학교, 대륜고등학교까지 마쳤다고 한다.

정호승 시인은 어린 시절부터 시인의 길을 걸어왔다. 2층 전시실에는 정호승 시인이 중·고등학교 시절 받은 상장이 여러 장 있었다. 그리고 다른 지인들과 주고받은 편지들이 있었다. 지금의 짤막한 카톡 메시지와는 다르게 서로의 안부를 묻고 허물없이 그리움을 주고받는 글귀가 가득했다. 전시관 중앙에 놓인 여러 점의 정 시인의 원고를 보았다. 작은 종이에 적힌 시부터 노트에 적힌 시까지 여러 번 수정하고 고민한 흔적을 볼 수 있었다.

시인이 전하는 말이 담긴 영상을 통해 정호승 시인은 한 편의 시를 완성하기 위해 삼사십 번 이상 수도 없이 고친다고 말했다. 그렇게 갈고 닦은 시가 노래가 되고 그림이 되어 문학관을 채우고 있었다.

시인의 작품과 함께 전시된 그림도 여러 점 있었다. 그림이 먼저인 경우가 많았고 그림과 시가 동시에 만들어진 경우도 있었다. 시도 멋졌지만 그림도 훌륭했고 한 몸인 듯 서로를 비추고 있었다.

「수선화에게」는 2020년 정호승이 받은 11회 김우종 문학상수상 기념작이다. 정호승 시인은 수선화가 핀 산기슭을 혼자 걸어가는 한 인간의 외로운 모습을 표현해서 사람들의 가슴을 울린다. 시 옆에는 스승 김우종 문학평론가의 수선화 그림이 걸려있었다. 김우종은 1929년 개성 송도중학교 재학 중 전국학생미전에서 특선 입상했으나 6.25 전쟁으로 화가의 꿈이 중단되었다고 한다. 그리고 1958년 서울대 국문과를 졸업하고 『현대문학』을 통해 문학평론가로 문단 활동을 시작했다. 1969년 제6회 '목우회' 공모전에서 작품 「만추」가 입선되면서 다시 그림을 그리기 시작했다고 한다.

옆으로 이동해 날개를 달고 있는 소녀의 그림을 보았다. 「비상」이라는 박항률 작가의 작품이다. 정호승 시인의 「강물을 따라가며 울다」라는 시를 위해 박항률 작가가 그렸다고 한다. 정 시인의 「어린 낙타」라는 시는 사막을 여행하던 중 모래로 그린 그림을 발견하고 시를 지었다고 한다.

시인의 방을 옮겨 놓은 자리에 정호승 시인이 사막을 여행하면서 모은 여러 개의 낙타 인형이 진열되어 있었다. 실제 시인이 쓰던 책상이 있었는데 지금 내 책상의 반도 안 되는 크기였다. 시인은 이 작은 책상에서 찻잔을 옆에 두고 시를 썼다.

정 시인은 고등학교 때 우연히 부엌에서 어머니의 시작(詩作) 노트를 읽곤 깜짝 놀랐다고 한다. 나중에 어머니는 "사는 게 슬펐지만 그 달을 보고 시를 쓰면서 견딜 수 있었다."라고 말씀하셨다고 한다. 정 시인은 어머니와 마찬가지로 본인의 시도 삶의 고통을 견디기 위해 쓴 것이라고 말했다. 시인의 고통이 녹아들었기에 한 편의 시에 눈물이 흘렀다.

나도 시를 쓰다 보면 누군가를 향한 기도가 된다. 시 속에서 그 누군가를 마주하는 새로운 세상이 탄생한다. 그래서 시가 좋다.

정호승 문학관 내의 시인의 방